多想
在平庸的世界
拥抱你

林潇　奚博文/著
阿信/绘

国际文化出版公司
·北京·

图书在版编目（CIP）数据

多想在平庸的世界拥抱你 / 林潇，奚博文著 ；阿信绘. -- 北京 ：国际文化出版公司，2020.12
ISBN 978-7-5125-1229-0

Ⅰ. ①多… Ⅱ. ①林… ②奚… ③阿… Ⅲ. ①短篇小说－小说集－中国－当代 Ⅳ. ①I247.7

中国版本图书馆 CIP 数据核字（2020）第 130132号

多想在平庸的世界拥抱你

作　　者	林　潇　奚博文
绘　　者	阿　信
责任编辑	崔雪娇
特约监制	胡　峰
策划编辑	何　方
出版发行	国际文化出版公司
经　　销	全国新华书店
印　　刷	北京柯蓝博泰印务有限公司
开　　本	880 毫米 ×1230 毫米　32开 9.5 印张　226千字
版　　次	2020 年 12月第 1 版 2020 年 12月第 1 次印刷
书　　号	ISBN 978-7-5125-1229-0
定　　价	39.80 元

国际文化出版公司
北京朝阳区东土城路乙 9 号　　邮编：100013
总编室：（010）64271551　　传真：（010）64271578
销售热线：（010）64271187
传真：（010）64271187-800
E-mail：icpc@95777.sina.net

故事都藏在图片里

如果不嫌弃

我把图片说给你听

当初看似遥不可及的未来，

都将成为你经历过的云淡风轻。

目录

序言一

安顿过去，只为拥抱未来

人们究竟该如何去处理一段失去的感情，又该怎样去安置那些记录曾经的“证物”呢？2016年夏天开始，我们通过创办《你的我的摄影展》，和很多人一起找答案。

你可能看过无数的摄影展，它们不仅改变了人们看世界的角度和维度，而且重塑了每个观者的世界。我们的摄影展稍显特别，多是通过采访一些“失恋者们”，分享他们提供的旧照片，展现这些照片背后一段段关于幸福的努力和爱的感受。

夫子庙的爱心石头，鼓楼地铁站的碎花雨伞，莫愁湖公园的年卡，南京艺术学院边上的那株银杏树……它们来自不同的时间，温暖过不同的人，也承载过不同的希望。

从新街口到北京西路，从玄武湖到1912……这座城市的每条街道都上演过动人的剧情，每个平凡的人也都参与过轰轰烈烈的追逐。

有一点遗憾。

安顿过去，只为拥抱未来。我想，这是我和搭档林潇坚持搜集这些照片的意义。

对了，这些照片背后的故事，我们还分别以文字、手绘、声音等多种方式记录并分享在“你的我的摄影展”微信公众号等自媒体平台，以及各大网络电台的同名栏目中。

插画师元元、设计师侯文圣、FM洛尼、老相好情感电台创办人晨笛、声音主播安歌、声音主播筠婷、南通交通广播DJ敏艺、阳芷的时光创办人阳芷、声音主播栗娅、FM伊桐、苏然念旧电台创办人苏然、声音主播可乐小姐、声音主播五月等等，都在这样一个摄影展里，以自己最为独特的方式为人们留下了让人难忘的演绎。

最后，特别感谢中国搜索、腾讯大苏网、江苏东方航空《银燕》杂志等合作媒体的关注，感谢南京失恋博物展、南京么么文化、飨清欢等自媒体同仁的帮衬，感谢南京胡桃里、可一书店等品牌的线下支持。当然还有你，每一个见证并关注我们成长成“展”的朋友。

谢谢你们！

策展人　奚博文

序言二

回忆像星光，遥远却闪耀

2017 年的长夏，我的一个好朋友失恋了。

那一天，我和她走在北京西路的梧桐大道上，身边满是青砖绿瓦的民国故居。我们边走边聊着那些过去，两边的民国故居和法国梧桐一点点消失在眼角的七彩余光里，好像行走人世间始终要丢失的那些往事。

朋友和男友曾是朋友圈里最好的一对，我一度以为他们会白头偕老。

他会顶着风雨给她送伞；他会冒着烈日赚钱打工，只为送她一份生日礼物……他对她太好，好到即便分手了她也不愿意说他任何坏话。

她忘不掉在冬天的寒风中等她的红鼻子少年，她也忘不掉那年夏天的星空下陪她默默哭泣的青年。他做过很多让她感动的事，也点缀了她生命中最美的斑斓。

他那么好，可他们终归还是散了，无关背叛，无关物质，只是忽然走散了而已。

人世间的一切都在默默变化，曾经天天看晨起月落的两颗蛋破壳以后会发现，他们一个即将飞向天空，而另一个只能潜去海洋。

来到这世上以后，每个人的路都要自己走，也许在人生的下一个路口，你就会和前一秒还相许一生的人分开。

你没有选择，你也不能停留，你只能咬牙独自踏上另一段征程。

或许，你还能遇到另一个志同道合的人，然后携手度过此生。但是，在人生的某一刻，你抬头看到一束光，低头看见一朵花，脑海中还是会有曾经的那个人浮现。

人世间的美好从来不在于得到，而在于我们曾共同经历过。

最美的也不是下雨天，而是和你一起躲过雨的屋檐。

光阴中的每一个故事，尘埃里的每一寸记忆，才是完整的大千世界。

在流逝的岁月中，我从一个少女成了一名青年，我还会步入中年、老年……这一路上，我亦看惯了悲欢离合，经历了很多的得到和失去。

我有时候会看着某一个物品突然发起呆来：这个茶杯是工作那年玩得最好的同事给我的，现在我跳槽了，而那个同事……因为急性白血病去世了；那本笔记本上藏着一个名字，名字的主人曾经踏着星光与我在校园相遇。现在，他已经结婚生子，再不复昨日少年；家中角落的那把旧伞是某个人某一年穿透风雨接我的印记，可而今那个人早已消失在了人海茫茫中，再没能相遇……

我们在生命的拐角处相遇，我们在人生的交界处别离，我们在人世间越走越远……最后，相逢无期。

可是，那并不代表，我们就会忘记。

小到拐角的一阵风，大到季节交替时的一场雨，那个早已消失的人总会踩着记忆的节点，与我们猝不及防地相遇在花开之际。

那时候，我们才知道，有些人早就在生命中留下了不可磨灭的痕迹，而有那么一样东西，是只属于你和他的记号。

铭记记号，铭记每一段经历，当我们在岁月尽头想起那些过往时，眼前都会有回忆中的阳光洒下。如此，那些珍贵的过往便是永存的。

这，便是我参加摄影展的初衷。

和摄影展的初识是在我朋友失恋后不久，那时候，我也处在迷茫的十字路口。奚博文从微博上找到了我，和我谈了这场摄影展的理念。

他说："我希望每一段爱情都能有地方安放。"

我想，这是打动我的原因。

我们的细胞每天都在快速进行着更迭，每经过七年，我们就再也不是之前的我们了。有刻骨铭心的记忆会遗忘，有惊心动魄的故事会逐渐消失在岁月的尘埃中，而我并不想看到这样的结局。

鱼的七秒钟记忆是个悲伤的故事，人应该厚重地积淀，而不应该遗忘成苍白。

有些故事当时很伤心，时过境迁之后再来看上一眼，你会发现一切的嘈杂边角都被岁月磨去了踪影，只剩那一刻的真心在浅色的回忆中散发着明亮的光。

在这人世间，每一段爱情都值得被铭记，包括失恋。

后来，我们便开始了这次携手。

我的任务是去找那些被遗落在过去的故事，然后将它们整理成一段不长的文字。在搜集过程中，我一次次成为主角，经历他们的故事。我眼睁睁看着一段感情酝酿，又戛然而止在遗憾里，最后成型成如今的故事。

回忆像星光，遥远却闪耀。

哪怕你已不在我的身旁，但你带给我的美好记忆，将永远留在我的生命最深处，陪我走过往后余生！

你知不知道，初遇那一天，你的微笑，比天边的暖阳还要美好。

作者　林潇

【一】黑色信封

我已经变得温柔了，可是你却不在了。

我叫边桥，出生在运河边。

他叫丁赫，我第一次见到他的时候，他穿着一身黑色风衣从黑暗中走来，像《鬼怪》里的金佚，我叫他小黑。

小黑是北方人，大学没念完，来到1912的酒吧当服务员。而我，就是在一次失恋之后遇到的他。

那时候，“立煌”还没关门，我拿着一瓶酒醉醺醺地出了门，忘了给钱，小黑便追出来要钱。我醉眼朦胧的时候就在想，怎么会有这么帅的酒保啊，然后就开始耍无赖，说要钱没有，要女朋友有一个。

再然后，我们就在一起了。

小黑是个沉默寡言的男孩，与我的闹腾不太一样。他会在我来“大姨妈”的时候给我送一杯湖南路的“一点点”奶茶，会在我想吃面包的时候去新街口“瑞可爷爷”的店排上半天队，也会告诉我酒吧不是好地方，让我不要再去。

我有些不服地质问他：“为什么你可以去？”

然后，他就把工作辞了，去了新街口的一家牛蛙店当店员，工资锐减。

他依旧是黑衣黑脸，一副酷酷的模样，好像付不起房租从来都不是问题一样。

我承认，我有些佩服这个男孩子了。

换了工作之后，他交不起房租，被房东赶出门，我就给他腾出了个房间。

我提出让他搬过来的时候，他那总没有表情的脸上竟然隐约浮现了些许害羞。然后，他拖着他那简易的行李在一个星辰烂漫的夜晚敲响了我的门。

跟他相关的一切，好像都是黑色的：黑色的夜晚，黑色的风衣以及黑色的未来。

他有一盘李志的《黑色信封》磁带，用一款从百脑汇淘来的老旧步步高复读机放着听。他听它在吹着风的清晨，在下着雨的傍晚，在亮着星的黑夜……那时候，我才知道他心中的音乐梦，包括去1912打工也是为了听乐队练歌。

我渐渐懂了他。

他是流浪歌手，因为追求梦想退学，被女朋友抛弃。然后，又为了给我一个安稳的生活而选择放弃梦想。

可是，我依然不爱他。

我被他的神秘吸引，却厌烦他的没有未来；我在失恋的时候看到他，在空虚的时候陪伴他；我在醉酒的时候迷上他，在清醒的时候抛弃他。

我跟他本来就不是一类人，更不可能有结局。

又或许，我确实是个风一般的女子，有了黑夜的寂寞之后，又向往清晨的花开。

在我们相识一周年之后，我跟他说了分手。

我说分手的时候，他就站在我的对面，我能看到他纤长的睫毛在光影下的静默，像久伫花蕊的蝶，像失去生命气息的蜓。

我以为他会生气，会怒吼，会说不愿意。

结果，他什么都没说。

第二天，我下班回家，家里空荡荡的，没有一丝鲜活的气息。我站在客厅中央，客厅仿佛在旋转，我静默着看完了四周的一切：放在鞋柜里的鞋少了一双；放在书架上的书少了一本；放在柜子里的衣服少了一叠；放在窗台前的老旧复读机不见了。

电视机上静静地躺着一封信，信封是黑色的。

我拆开信封，里面是一张泛黄的纸，纸上只有一句短短的话：他说，这世界不是我的。

这是《黑色信封》里的一句歌词，他把“是不是”改成了“不是”，把“我们”改成了“我”。

我以前总以为自己很懂他，边懂他又边嘲笑他的幼稚。这一刻，我才发现，我其实从来没有看透过他的心。

每个人，都是一个世界。

他的世界是孤单寂寞，是渴望安定，是单纯执着。

我懂了他的赤诚，懂了他的追求，懂了他的心如死灰。可是，我却再也没有机会去弥补些什么了。

我以为我不爱他，我以为我厌烦了他，我以为我们可以洒脱地分开……那一刻，我的心还是痛到无以复加，像被挤尽最后一滴水的海绵，像被抽光最后一丝气力的风。

我这个风一样的女子，经历过又错过，最终静默成一片云的姿态。

我学会了如何爱一个人，我也学会了如何尊重一个人。可是，教会我的那个人，却再也没有出现过了。

叙述者：边桥

【二】婚纱

我婚礼准备用的歌都快找全了，就是新郎不见了。

月桂飘香的季节快到了。

这里坐标南京，古称金陵，有参天的梧桐细语，有神秘的紫金山陵，也曾经有过我和江默无处安放的青春。

我跟江默是大学同学，大二的时候，在一次老乡聚会上认识。

那一天，他穿着白色运动鞋，白色T恤，脸上带着浅笑，是每个女孩年少时都曾想象过的模样。他送我回宿舍，在昏黄的灯光下，他给我拢了拢围巾，我看着他的眉眼，理所当然地喜欢上了他。

大学的恋爱总是这样，简单而直接，没有“要什么”和“为什么”，只有“喜欢什么”。因为瞬间的心动，所以一切都显得那么顺其自然。

谈恋爱的时候，我们很穷，一份生活费总要掰成两份花，为了学别人的浪漫，我们可以饿很久的肚子去打折软件上买两张电影票，就为了手牵手沿着石鼓路走过繁华喧嚣。

我那时觉得，我们还会牵手一起过很多的桥，走更多的路，看所有雨后的云。

他带我去阅江楼上看长江浩渺，指着眼前的一片旷野跟我说：“刘维维，你等着，我一定要让你过上好日子。”

如果承诺也有温度，那么，那一刻阅江楼上吹来的江风一定是暖的；如果承诺也有颜色，那么，那一刻我身上的蕾丝裙一定是白的，婚纱的白。

我喜欢白色，我总觉得，那是世间最神圣的色彩，一如初见那天他在路灯下的白衬衫。

他说，我们毕业就结婚，他要亲手给我穿上白色婚纱，然后带我去蔚蓝的海边拍婚纱照。

彼时，每张照片上的婚纱和微笑，都会是我们白首偕老的记号。

后来，我毕业了，进了南京一家单位，而他应聘进了一家建筑公司，公司需要长期出差，去迪拜。

他为了实现自己的诺言，在一个明朗的四月天拉着我去了民政局。

就这样，我俩结了婚。

婚后没来得及准备婚礼他就被公司派遣走了，并且是常驻。我们过上了靠社交软件维持的婚姻生活。

他在微信里告诉我，原来迪拜并没有人来捡垃圾。

我笑着问他："你什么时候回来，我妈催我们补办婚礼了。"

他没有回答我。

我等了很久，他才发来五个字：要去工作了。

他开始忙碌，开始敷衍，甚至，开始失联。

很久之前，我曾看过一句话，叫作“距离产生的不是美，是小三”。

那时候我只是笑笑，热恋中的人总是骄傲自得，但现在，这句话却莫名地闯入了我的脑海。

事实证明，双鱼座的姑娘果然是敏感的。

在一个初秋的午后，天上飘着几朵闲云，我在微信上看各家给我发来的婚纱。这是我逛街的时候养成的习惯，每遇到一家婚庆公司，都会加个微信，然后让他们给我发最新款式的婚纱。“第一夫人”家的内景好看，“米兰”的外景更好看些。我挑选了很多个套餐，一个个仔细储存到文件夹里，想等他有空的时候一起选。

但实际上，我已经很久没有联系到他了。

我又看到一个不错的套餐，正准备记下来，耳畔响起了久违的敲门声。

心猛地跳了一下，我条件反射地走到门口，拉开门，他顶着一脸风尘与我四目相对。反应过来之后，我雀跃地扑向他，他淡淡地推开我，然后很认真很认真地看着我，说：“刘维维，我给不了你要的生活，我们离婚吧。”

人生就像是一条弯曲的小路，你不知道柳暗花明之后，是一处美好的世外桃源还是一汪让你一脚踩空便万劫不复的潭水千丈。

他说出那句话的瞬间，我的心如坠深渊般万劫不复。

我的人生像个笑话，失去初恋是以离婚为代价。

我至今都记得阅江楼上的风，以及我幻想中的雪白婚纱。当一切幻想破灭的时候我才知道，承诺是那么美好，而现实却是每一天都在煎熬。

跟结婚那天一样，离婚那天，我们依旧去鸿霖吃了顿日本料理。

他体贴地给我切牛排，给我倒香槟，就像我们还在恋爱一样。

我夹了一片三文鱼狠狠蘸上芥末，再狠狠塞入嘴中。芥末味呛得我泪流满面，我笑着边嚼边指着眼泪告诉他，芥末太辣了。

他跟我重复着说对不起，说结婚的时候年纪太小了，不知道自己到底想要什么，也不确定能给我什么，只能忍痛说再见。

我说："没关系，没关系。"

吃完那顿饭之后，我们在暮色中说了再见，我看着他转身离开，想起了初见时他也是这样离开的。我看着他越来越远的背影，就好像在看着我永远不会回来的青春。

我多想多想跑上去抱着他，告诉他，你不要有压力，也不需要烦恼，我所需要的，不过是穿着白色婚纱陪你吃最爱的烧烤。

我想穿着婚纱听他说我愿意，我想穿着婚纱去海边看晚霞，我想穿着婚纱和他有我们的家。

可我没想到，我还没穿婚纱，他就已经放下了。

很久之后，我才知道，他在异国他乡遇见一个女孩子，这才跟我说了分开。

他把关于我的一切联系方式都删了，但我从朋友那里看到了他跟那个女孩的照片，女孩穿着一身雪白的婚纱，笑得像暖阳中的玫瑰。

原来，给不了是假，不想给才是真。

这一段感情让我遍体鳞伤，我再也不想在我原先热爱的这片土地上待下去，我在这里关于未来的一切想象里都有他，我受不了空气中的桂花香，也曾在这样一个季节，我跟他在校园月色下追逐过这香的方向。

因此，在香气再度袭来的时候，我递了辞呈，并打算永远没有归程。

叙述者：刘维维

【三】气球

一直到失散在人海，才恍然明白，

感情里的欺骗是真的，他的一片真心，也是真的。

我好像是个跟“紫”特别有缘的女孩子，幸运色是紫色，名字里有个“紫”字，连跟他的相遇，都是因为一个紫色气球。

大三那年，我去了大洋百货某手表店当模特，每天的工作就是拿着手表做出各种奇怪的姿势，然后供人拍照或者观赏。

那时候，我真觉得自己像动物园的猴子。

那天，我正拿着一只价值六位数的手表展示，一个拿着紫色气球的小男孩坐在爸爸肩膀上从我跟前路过，小男孩调皮地用气球打了我一下，我条件反射地往后倾斜。或许是我那十几厘米的恨天高不能承载我的重心调整，又或许是我站得太久脚麻了。总之，我脚一崴，差点儿摔倒。

为什么说差点儿？因为我被一双有力的手托住了。

我感激地抬头，跌入了一片海。

这是一双眼睛，一双成熟男人的眼睛。

我就这样认识了他，因为他比我大，所以我叫他大叔。

大叔是索尼爱立信在南京片区的总负责人，温文尔雅，深沉似海。这样的深沉，没有任何一个小姑娘能够抵挡。这些小姑娘当中，显然也包括我。

因为工作关系，大叔要买礼物送给合作方负责人，他就是过来选礼物的，却无意中救了我。我借口感谢，要帮他一起挑礼物，他挑中了我手中的那只六位数的手表。

几天之后，大叔要请我吃饭，说礼物合作方负责人很喜欢，我应约了。

再几天之后，我又请他吃饭，说要还他人情，他接受了。

就这样一来一往，我们迅速地熟了起来。

他有时候路过南理工会去找我，我们学校有一片紫色的二月兰，在南京的高校群是很有名的存在。就是在那片二月兰前，他跟我表白了。他说，他今年 31 岁，未婚。他说，他希望我给他一个机会，哪怕最后不同意也没关系，他愿意等。他说……他还没说完，我就吻了他。

余下的话，就这么散在了二月兰的紫光流影中。

恋爱之后，他要去出差，我舍不得，执意要跟过去。

他无奈，却依旧在无奈中妥协，我喜欢他拿我没办法的样子，这样让我觉得自己是被宠溺着的。

如果说女孩或多或少都有点儿恋父情结的话，那么，我也许是此中翘楚。不是因为他有多像父亲，而是因为我有多恋他。

他出差入住的宾馆在外滩边，打开窗户便可看见沧桑的万国建筑群和时尚的东方明珠。这两种分别象征着历史和现代化的建筑和谐地出现在一起，宛如百年的时光交错而过，相视一握，一如我跟大叔的结合。

开完会的晚上，他带我去外滩散步。他蒙着我的眼睛，再睁开，我的眼前都是四散的紫气球。

大叔捧着那只六位数的手表，说：“阿紫，感谢紫气球让我认识你。这是我的见面礼，初次见面就想送了。”

那一晚，我看着东方明珠的流光交替，跟他有了第一次的亲密接触。

我在暗夜中认真看他的眉眼，那一刻，我以为自己拥有了全世界。

第二天，他继续去见客户、忙工作。我百无聊赖之际翻看他的包，无意中，翻到了一沓文件。

我以为那是合同，想放进去，却无意间瞥见了让我心如擂鼓的字样。

我猛地抽出那沓文件，上面端端正正地写着“遗嘱”二字。

遗嘱的内容很简单，就是他万一不幸去世，他所有的财产都留给他儿子，而他的妻子分文没有。遗嘱后面还附了一张身份证复印件，上面的出生年月跟他告诉我的不一样。

所以，他的真实年纪是 38 岁，而不是 31 岁。

我一下子跌坐在沙发上，手上的白纸如萧瑟的秋叶般盘旋，最后安静地躺在脚边。

急促的开门声传来，然后，是他开门进来的身影。

“我忘拿合同了。”他说完这话就开始翻包。

“是这个吗？”我无力地捡起脚边的遗嘱，递给他。

他看到我递过去的东西，向来波澜不惊的眼中有惊涛翻起。他这么看着我，跟第一次见面一样。然后，这惊涛渐渐平静，成了一汪海洋。

他说：“我骗了你，对不起。”

他告诉我，他得了癌症，前妻在他最脆弱的时候跟他离了婚，他因此立了遗嘱，把全部财产留给儿子。这次来上海是趁出差之余找律师公证的。

我哭得不能自已：“那我呢？是你生命尽头的消遣吗？”

他没有说话，窗外的风声替他回答。

第一次的亲密接触，以我独自一人的离开为结果。

我回了南京，过上了一个学生该有的生活，上自习，打饭，泡图书馆……没有人能看出我内心曾经天崩地裂，如今又独自一人静默平息。没有人知道我爱过一个人，除了校园那片紫色的二月兰，除了微风下的透明暖阳，除了我自己。

后来，他来找过我几次，站在我宿舍门口等了很久，我都没出去。

最后一次，他看上去苍老了很多，甚至都不像38岁，而是48岁了。他站在拐角的阴影处，拿着一只紫色的气球，认真地看着一个又一个青春正好的姑娘从面前走过。

我那时就躲在宿舍门口的小店里，硬是等到他略弯的背影走远才出来。

我看着他渐渐走远，看着那只气球脱离他的掌心，成为半空一个紫色的斑点。

那一刻，我突然想到了《大话西游》里的至尊宝跟紫霞。我想，我终究不是紫霞，原谅不了一个人的欺骗。他也不是至尊宝，成不了齐天大圣孙悟空。

回到宿舍之后，我打算断了我们之间的最后一点儿联系。我找出那只六位数的手表，装好，准备还到他的公司。我去的时候，前台姑娘跟我说，他已经辞职了。他原本病情已经好转，但是最近不知受了什么打击，突然恶化，已经交接好工作，去国外医治了。姑娘还说，这次去了，恐怕就不会再回来了。

我走在归途的路上，看到无数个行人从我身边匆匆走过，他们有的在笑，有的在哭，但更多的是面无表情。有人撞到我，有人路过我，但是，从来没有人理我。那一刻我突然懂了他的怯懦，懂了他的伪装。一切谎言，都只不过是因为在乎。不在乎了，自然不会费任何力气去挽留。

远处有一堆气球在半空中飞扬，一个红鼻子小丑取过一只递给眼前的小朋友。我默默地走过去，站在气球前面。红鼻子小丑朝我笑笑，取过一个紫色的递给我。

他说："姑娘，你喜欢紫色吗？紫色好，紫色代表高贵，代表哀伤，也代表着即便哀伤却依旧向前的希望。"

眼泪顷刻间掉落，泪眼模糊中，我好像看到一个人递给我一只紫色的气球，他深沉似海，他朝我微笑，他眼中有隐忍的爱穿透沧桑和喧嚣。

叙述者：阿紫

【四】蓝色妖姬

在贫穷、战争、灾难、疾病面前，所有平凡的喜悦，都是奇迹。

蓝色玫瑰，亦被称为“蓝色妖姬”，象征着奇迹和稀世的珍爱。

热恋中的女子，但凡知道蓝色妖姬花语的，没有一个是不想要上这么一束的。但实际上，这些都是商家炒出来的，这世上并没有真正的蓝玫瑰。

我叫小亦，一个开花房的姑娘，同时也是一个极其现实的人，从来不相信所谓的爱情。

也许是见得太多了，我对于那些被旺盛的荷尔蒙牵着鼻子走的红尘男女，更多的是抱着一种看好戏的态度。这样的小情侣，我在花房里见过很多，或为一朵花而喜笑颜开，或因一棵草而怒目相对，这些年轻的肉体呈现给我的并不是浪漫，而是一种不计后果的冲动。

我的花房开在虎踞北路，旁边有很多学校，因此从不缺顾客。

一年一度的七夕又在痴男怨女们的瞩目中到来了，这代表着，又到了我一天赚大半年生活费的时候了。为了保证七夕那天的货源充足，我早在七月初就开始大量采购玫瑰。

七夕前的傍晚，我正指挥着工人把从玫瑰园刚摘来的新鲜玫瑰放进专门的水池子里养起来时，一个头发已经花白的老爷爷咳嗽两声，佝偻着身子进了我的花房。

“小姑娘，你这里有蓝色的玫瑰花吗？”老爷爷苍老的脸上隐隐露出一丝期待。

我有些为难，蓝色妖姬制作起来非常麻烦，要在白玫瑰快到成熟期时，将其切下来放进盛有染色剂的容器里进行染色，时间最起码也要三天。一般需要蓝色妖姬的人都是提前四五天订的，我这里并没有多余的。而且，因为预订蓝色妖姬的人很多，染色剂也早已用光了，再要的话得去市场采购，这代表着我要暂停生意帮他买染色剂。对于一个商人来说，这无疑是亏本的。

许是看我表情有些为难，老人家居然双手合十，开始求我。

“阿雅快不行了，她是大家小姐，年轻时不顾家人反对跟我在一起。我只是个剃头先生，买不起好东西给她。她喜欢花，但因为穷，只能采些野花放在床头哄她开心。后来，因为一些原因，我们分开很久，直到近些年才相聚。我想送朵花给她，我听伢子们说，最名贵的花是一种蓝色的玫瑰，在小年轻中很流行。求求你了姑娘……”

我看他浑浊的眼睛都湿润了，赶紧扶起他弯下的身子：“老人家您别这样，我尽量试试，您大概什么时候要？”

老人家看我口气放缓，表情舒缓了些。

他抹了抹泪：“明天可以吗？阿雅不行了，我不知道她还能撑多久。”

一句“恐怕来不及”哽在喉咙口，硬是没让我说出来。不仅是因为一个老奶奶行将就木的一生，更是因为这个年已耄耋的老爷爷眼中的那抹混杂着哀求和爱意的温柔。

我连夜去相熟的老板那里以高于市场的价格买了染料，然后又挑选了十一朵含苞欲放的白玫瑰，细细调好染料配比，将白玫瑰浸润。为了达到更好的效果，我还在里面加了助溶剂。

第二天一早，我就去查看蓝玫瑰，这些小家伙果然没辜负我的努力，染色均匀，花色鲜艳，十分成功。

我就边卖花边等着老人来取。哪里知道，一直等到傍晚时分，老人家都没有来。

就在我怀疑自己被骗了的时候，有位少年踏着夕阳出现在了我的面前。少年微微弯腰，跟我说了声抱歉。他问我，昨天是不是有个老爷爷在这里订过花？我说，是的。他余下的话还没出口，眼眶先红了。他告诉我，那是他曾祖父，曾祖父还来不及把花拿给曾祖母，曾祖母就去世了。

少年掏钱给我，我愣愣地接过，看着他拿着花走远的背影，不知为什么，我追了上去。

“能跟你一起去吊唁一下你曾祖母吗？”

我知道自己的要求很唐突，但少年居然答应了。我们俩并肩走在洒满夕阳的小道上，路边有梧桐光影沿着街道边缘点缀着斑驳。少年跟我讲了他曾祖父母的故事，这是一个很远很远的故事，远到战火纷飞的 1943 年。

民国三十二年的秋天，抗日战争已接近尾声，大地生灵涂炭，人与人之间因为战乱充斥着不信任并且有着森严的壁垒。就在这森严的壁垒中，地主家的小姐看上了街边的剃头先生。两个人不顾父母的反对，私奔了。

富家小姐跟剃头先生在城市的一角过着自己的小日子，虽然清贫却很幸福，两个人就这么平淡地过了二十来年。之后，一场声势浩大的“文革”开始了，富家小姐因为出身问题成了“牛鬼蛇神”，剃头先生誓死不愿意跟富家小姐划清界限，一并被扔进了牛棚。

富家小姐为了不连累剃头先生，硬是跟剃头先生划清了界限。至此，小姐被抓走改造，剃头先生顺利回家。被拉去改造的富家小姐被流放到了一座大山里，再也没能回来。

那时候，没有电话也没有网络，隔着一座山就等于隔着一生一世。

剃头先生找了富家小姐很多年，他把他们的孩子抚养长大，他一个人看着孩子成家立业，也一个人等了她很多年。

时光荏苒，当年的新式西洋建筑早已在岁月的交叠中洗净铅华，成了某某故居。两人的儿子通过各种方法找到了自己的妈妈，这对分别五十多年的夫妻终于在岁月的尽头重逢了。这时候，两人都已经到了 80 岁的高龄。

重逢之后没多久，老奶奶就病危了。老爷爷心心念念着老奶奶喜欢花，就想买束花哄老奶奶开心。他问重孙，现在什么花最金贵。重孙告诉他，“蓝色妖姬”很名贵。重孙本来以为曾祖父就是一问，哪里知道，这个连路都走不稳的老人家竟然真的拄着拐杖颤颤巍巍地摸到了一家花店，并成功订了一束“蓝色妖姬”。

少年擦了擦泪：“我曾祖父这些年也没再娶，一直在找我曾祖母。哪里知道找到曾祖母的时候，她已经得了老年痴呆不认识他了。曾祖父这辈子啊，尽是耗在等待跟寻找中了。”

远处有炊烟袅袅的人家，身边路过的少男少女巧笑嫣然地捧着花。少年手上的“蓝色妖姬”鲜艳欲滴，那上面承载着一个老人家一辈子的爱和牵挂。

我以前总觉得这世间的爱情像个笑话，不是粉饰的虚假，就是平凡庸俗的浮华，我幻想着旷日弥久的爱恋，却又不相信这爱恋的存在。可现在，我终于确定，它是存在的。它就存在于一粥一米中，存在于一花一草下，存在于这人群中的某一个人一生的寂寞年华中。

我跟少年到他家的时候，他的曾祖父也去世了，以与老奶奶相拥的姿势。

我没有进门，静静地站在门口，看着老人家抱着他找了一辈子的人，看着他们的灵魂一起消失在这夏秋相拥的年华。

我把那束蓝色妖姬轻轻地放在他们家门口，遥遥看了一眼远处初下的夕阳，然后默默地告诉自己：这是2017年，我今年24岁，我叫小亦，住在虎踞北路。我一定会找到自己的奇迹，一定一定会送他一束蓝色妖姬。

祝你，也能找到。

叙述者：小亦

【五】旧杂志

诺言只有听的人记得。

一年一度的长夏又到了，我在潮湿的空气中摆弄着窗台边的多肉，他轻轻地关门，留给我一地的暗色。时间一瞬间静止，光阴刹那间停滞，甚至，我连呼吸都不存在了。

他是我的男朋友，或者，也可以说是前男友。

我之所以不敢确定要不要加一个“前”字是因为我们都知道以后不可能在一起，但现在又没舍得当面说分手。

他叫乔杉，是一位律师，我们的相识要追溯到去年的长夏。

去年七月，我得到通知，说是有一篇作品被《意林》转载。我是个自由撰稿人，平时喜欢写一些小文字，也有收集样刊的习惯，因此在路过家旁边的小报亭的时候习惯性地买了本。

在我掏钱的时候，一双白皙而修长的手伸向了那本绿色的杂志。

“老板，这本杂志我要了，照旧记账。”

一道干净明朗的声音清风般飘过，我转头，看见了一张脸。

身为资深宅女，我在见到这张脸的时候一下就愣住了。这一愣住的后果就是，我的样刊被他拿走了。

当我想起来去追的时候，他已经进了一扇透明玻璃门，我一鼓作气就推开了那扇玻璃门。

“喂，我已经付钱了！”

我指着他手上的杂志大吼，对方被我的气势吓到了，讪讪地把杂志递给了我。

“噢，抱歉。”

把杂志给我之后，他转身欲走。

“给你也行，你得给我钱。”

我一看他要走，赶紧开口，顺便将杂志递了过去。

他转身看着我，一脸蒙。

我面上诚恳无比，内心实则奸笑连连。我知道他身上并没有钱，不然也不会跟老板说要记账了，我这么说其实是变着花样跟他要联系方式。他果然中招了，懵懵懂懂地点头，然后从我手中接过杂志，又报了手机号码。

回去之后，我就加了他的微信，催他还钱。他飞快回了个问号，然后又回了个恍然大悟的表情，我被这男人呆呆的模样逗笑了，一直在想，他真的是律师吗？

他叫乔杉，确实是位律师，而且是位很呆萌的律师，我总觉得这种人能在律师界混下去简直是奇迹。

事实证明，不是律师界太差，而是乔杉的事务所太次。

他跟我熟了之后告诉我，一家美国公司要收购他们的事务所，收购之后所有员工可能都要去美国培训。这也是他在工作时间不工作，跑去买杂志打发时间的原因。

得知这一消息之后，我在微信这头闷了很久，那句“可是我很喜欢你”被我打了又删，终归没能发出去。

我想，他既然要走，彼此就别成为对方的困扰了。趁现在这份喜欢还不那么深，不如放手，免得以后痛苦。

哪里知道，我这边没发出去，他那边竟然发过来一句一模一样的话。

当我看到那句“可是我很喜欢你”的时候，我整个人都处在一种虚幻的感觉中，好像踩在棉花上，又好像置身于云层中，缥缥缈缈，不似现实。

我猜没有一个人可以抵挡住那种感觉，就像染上毒瘾的人，你再怎么跟他说碰了会死，他也一样照碰不误。于爱情面前，我们每个人都不过是瘾君子，饮鸩止渴，流泪高歌。

我跟他，就这么自然而然地在一起了。

两年前，我看过一部电影，叫《睡在我上铺的兄弟》。电影里面有一对小情侣，陆潇潇跟管超。陆潇潇要出国，管超没有办法出去，两人就来了一场“恋爱倒计时”，在十几天内过完了余下的一生。

我那时候很伤感，总觉得陆潇潇自私，同样也觉得管超懦弱。

可当我看着乔杉每天为了案子弄得焦头烂额的时候，我突然就懂了管超的懦弱。如果放弃他能够让他更好，那我一定放手。

直到那时候我才知道，爱的另一个名字叫克制。

你努力留下他，舍得他为了你向梦想屈服，只是因为你不够爱他。

跟乔杉在一起的短短一年内，我疯狂地放纵着自己的情绪，或哭或笑，或吵或闹。我暗暗想着，他要是厌烦我多好。他要是厌烦我，哪怕一个皱眉的表情，我都有足够的理由在他走之前把他甩掉。然后，我就可以大步往前，告诉所有人，这个渣男太渣了，配不上本小姐！

可是，他没有。

他会在我无理取闹时看着我笑，他会在我伤心难过时陪着我哭，他会远远地给我送上一把雨天的伞，也会在我生理期时笨拙地在厨房熬一碗红糖水。

对于这个男孩子，我有着越来越多的贪心，也有着越来越多的占有欲。

我有时候甚至想，去他的克制，老娘就是想把他捆回来守一辈子，哪怕他恨我也好，怨我也好，我就是不要他在我面前白白走掉。

但我，终归还是做不到……

于是，我开始疏远他，开始逃避他。

在我们恋爱的后半年内，他找过我无数次，我都选择狠心地转身离开，偶尔被他逮到，也是刻意冷淡他。他知道我在想什么，同样越来越克制，越来越沉默。

五月底的一天，他问我要不要好好约一次会。

我难得没躲，问他，去哪里约会。

他说，要不买本杂志一起看看吧。

然后，他就带着我去了我们第一次见面时的报亭，他把报亭里所有我写过的杂志都买了一本。

我戏谑地说他，是不是一直在默默关注我。

他没笑，而是抱着一摞杂志站在我对面，有点儿呆，有点儿萌。来往的行人一个个路过，擦肩之后，相忘于人海，永不会有结果。

他一把抱住我，附在我耳边悄悄地对我说："我这么笨，在美国肯定混不下去……如果，如果我回来的时候你还单着，你要养我啊。"

我的眼泪霎时就落下来了。

走之前，我去帮他收拾东西。他没怎么看我，一直弯腰在叠衣服。

他说，他走的时候，我不能回头看，等他走了之后，我再帮他锁门。

我知道，他是要用这种方式，让我亲手关上属于他的世界的门，从我们的爱情中走出来。

乔杉的关门声低沉而喑哑，我的世界在这声音之后彻底空了下来。

我没有知觉地摸着窗前的多肉，感觉整个身体都不是自己的了。这种感觉，我之前有过一次，那是他说他好像喜欢我的时候。

只是，那次的没有知觉是轻得飞到天上，而这次的没有知觉是重得沉到海底。

眼前的多肉绿油油的，像极了初见时那本《意林》的颜色。

我想到什么似的，疯了一样寻找，终于，在台灯下发现了一张小纸条。

纸条上写道：洛洛，那本杂志我带走了。我们之间的一切，我不想放下，而你，最好放下。如若有归途，如若佳人仍在原处，到时，定当物归原主。

叙述者：洛洛

【六】芒果西米露

我把他走过的路都走了一遍，也许这是我唯一能守护他的方式。

（一）

一档节目正在教观众做甜品，戴着白帽子的厨师低着头，认真地将一颗金黄的芒果切成两半，在一半上划上十字刀，取过另一半与椰子粉、纯牛奶放在切剁器中打成奶昔状，然后，再在奶昔中加入西米、芒果果肉跟切好的草莓丁。

我端着一碗泡面，坐在沙发上，呼啦啦地吸面条，不经意间抬头瞥向墙壁上的数字电视。

网络不太好，屏幕定格在芒果西米露的大特写上，透明的西米、明黄的芒果丁，还有红艳艳的草莓，隔着屏幕好似也能感觉到芒果西米的清甜。

泡面的热气蒸腾而上，一缕一缕地遮住了我的眼，熏得人几欲落泪。

失恋的颜色，芒果的黄。

芒果的味道，你的味道。

（二）

18 岁那年，妈妈在桃叶渡边开了一家甜品店，高考结束的我每日的任务就是帮妈妈看店。

周末的清晨，妈妈出去购买食材，我在店里百无聊赖地逗弄窗台上的多肉，琢磨着该报哪所大学，门外的一个男孩吸引了我的注意。

他穿着一身运动服，身边停着一辆自行车，背上还背着大大的包裹。他那张认真盯着店牌看的脸上写满风尘，有着掩饰不住的疲惫。许是察觉到我在看他，他转过头来，我来不及躲避，视线与他猝不及防地相碰了。

窗外的垂柳在风中轻轻摇摆，六月的天澄澈高洁，几朵白云闲适地在天空中游荡。我有些不好意思："你是想吃点儿什么吗？我妈不在，我不会做。"

男孩子摇摇头，笑笑：“你们店里缺人吗？”

我这才想起，妈妈想招暑期工，在门口贴了个招工启事，我心里一阵雀跃，点头如捣蒜：“缺，缺。”

妈妈还没回来，我自作主张地把他领了进来。男孩子有些腼腆，他告诉我他叫林佑，山东人，骑行一族，路过南京的时候身上的钱恰好花光了，想打工赚路费。

他递给我一张身份证，上面的少年比眼前的他要清秀几分，我看着他晒黑一圈的脸和有些凌乱的头发，“扑哧”一声笑了：“你还真会给自己找罪受。”

男孩子挠挠头:“谢谢你,很多人都把我当骗子,需要我做些什么吗？”

他四处寻找起来，拿过墙角的扫帚弯腰扫起来。

我一把夺了过来：“你还没吃东西吧？”

他脸颊有些红：“你怎么知道的？”

“你肚子都响了好几次了。”

（三）

我不顾他的尴尬，装模作样地系起围裙，学着妈妈的模样做起饭来。

家里翻来覆去都没找到什么食材，只有厨房里还剩些芒果，我就想着给他做份甜点。芒果西米露并不难做，原料少、工序简单，而且西米还可以饱腹。我翻箱倒柜勉强找齐了材料，没有草莓就用猕猴桃代替了。

男孩子站在一边，好奇地看着我忙前忙后。他的眼睛亮晶晶的，像清晨时我在花园看到的露珠，脆弱又美好。

倒腾半天，终于做好了，我有点儿紧张地把甜品捧到他面前。

他很认真地对我说了声“谢谢”。

后来，妈妈回来了，我忐忑地跟她讲了他的事。值得欣慰的是，妈妈答应他留下了。

他是个很认真的人，会用很绅士的姿势给客人端上每一份甜品，会很有礼貌地带着好看的笑跟每一个光顾的人说声“欢迎光临”，也会在所有人走后扫干净地上的每一片垃圾。

但是，除了那张身份证跟他认真工作的模样，他的一切我几乎一无所知，我唯一可以确定的是，我对他的喜欢像雨后泥土下掩埋的种子，细细地生长，然后慢慢地抽出新芽。

我忧愁地伏在第一次见到他的那个窗口，窗外的小桥流水上有穿行不息的游人，我纷乱的心事随着桥下水面上的青荇波动，不知该何去何从。

暑假很快到尾声了，我的大学也挑好了，是山东的一所学校，这个决定我并没有跟他讲。

录取通知书寄来的那天，是他帮我接收的，他看着录取通知书上的大学名字，在门外站了很久。

进来的时候，他的表情晦暗不明。

我高兴地接过，有些唐突地一把搂住他：“太好了，你看，我考到你家那边去了，我可以跟你一起回去了。”

他一动不动，我甚至能闻到他身上的花露水味。我放开他，认真地看着他。他不同于刚来时的黝黑，变白了许多，整个人显得干净利落。

他的眼里有隐隐的愤怒在发酵："你的成绩完全可以报更好的，为什么非要去山东？"

我有些委屈，我做的一切都是为了他，他难道看不出来吗？还是，他根本就不想我去？

他擦干了我眼角滚落的泪珠，语气放缓了很多："小雨，你想不想听听我的故事？"

他额前的碎发有些长，盖住了半边眼，高挺的鼻翼在阳光下闪着坚毅的光。

（四）

他家乡的姑娘高挑白净，可他偏偏喜欢江南水乡女子的婉约。高考后，他跋山涉水去了杭州，并且在那里遇到了一个真正的江南姑娘。

江南姑娘不高，也不十分美，可他却爱那个姑娘爱到无法自拔，她像他的毒酒一样，饮可止渴，却要命。

江南姑娘性子虽柔，却异常有主见，她觉得他并不是值得托付终身的良人，所以恋爱只是恋爱，快毕业的时候冷静地提了分手。

只能说，他入戏太深，执意不肯放手。

江南姑娘说，如果他看遍大千世界，还能对她如此执着，她就跟他在一起。于是他二话不说，放弃了保研名额，办了一年休学，骑着自行车，翻山越岭，看遍祖国的山河大地。

他从杭州出发，沿着大运河吹阵阵清风，踩过秦岭野人留下的脚印，在天安门前留影，于后海酒吧大醉一场。

这一路，他途经过苍茫的草原，经历过神秘的北极光，遇到过地震中无家可归的旅人，也跟有着各种各样故事的背包客攀过最险峻的高山。

在九死一生终于攀达山顶的时候，他看到了凌晨四点微霞下的群山，那是他从未见过的景象：一片云蒸雾袅下，崇山峻岭此起彼伏，像云海里被风打起的微波。这世上的一切壮阔，换一个角度看，不过如此渺小。

就在回校办复学的途中，他遇到了我。

（五）

泡面已经冷了，窗外不知何时下起雨来，我放下泡面，趴在窗口往外看，霓虹灯点点，像寂寞的星星在眨眼睛。

你，后来去了哪里呢？

我想起了那次离别，他不肯告诉我他的学校，在我妈的目送下骑着车离开，跟来时一样，不带一丝痕迹。

那时的窗外也有点点小雨，他不肯拖延一天，直接骑着车走了。我执拗地趴在窗边看他，就是不肯道一句离别。

如果说再见，是不是从此就不会见？

后来，我如期去了山东念大学，我在青岛、在日照、在蓬莱，在无数个海边看过日出，潮汐涨落，一年复一年，沙滩上的行人来了又走，小螃蟹挥舞着钳子找到了归路，可为什么，我还是无法像你忘记那个江南女孩一样忘记你？

我问夜空的风，风说它不知道。

回屋的时候，网络电视终于被缓冲开了，戴着白帽子的年轻厨师放下芒果西米露，他长了一张跟林佑一样秀气白净的脸，微微笑着。

他说："芒果是最像爱情的水果，它甜美，却容易过敏。可爱吃的人啊，即便冒着全身红肿的风险，也依旧不愿意停嘴，就像曾经陷入爱情的我们，含笑饮下毒酒。"

林佑，你就是我的芒果，你就是我含笑饮下的毒酒。

叙述者：小雨

【七】吻痕

我记得你喜欢我，可能是我记反了。

当圣罗兰星辰在朋友圈刷屏的时候，我选择了关闭朋友圈。

我讨厌口红，我讨厌那小小的、刻章般的印记。那痕迹明明可以轻易擦去，却偏生要给女人一种虚幻的错觉——自己可以用那小小的唇印在另一个人身上刻下牢固的爱情。

当然，我不是天生就对一样东西疾恶如仇的。现在的我有多讨厌口红，曾经的我就有多迷恋它。

我想，每一个女人都有过这样的时刻，沉迷于口红营造出来的彩色幻境，觉得男人随手送的这支两三百块的小物件就是许了你一个辉煌灿烂的未来。

一如，那时候以为一定会与丁浩白头偕老的我。

我跟丁浩是大学同学，他是我第二个男朋友。因为第一个男朋友渣得太过不值一提，所以，丁浩的出现在我眼里犹如翩跹而至的白马王子。

那时候，他追我很卖力，每天早晨都捧着早餐等在我的宿舍下面，也不知道他是怎么坚持下来的。我其实并不怎么中意他，我觉得长得文弱的男孩子担不起事，不能给我安全感。直到一个大雨倾盆的早晨，我以为他不会出现在楼下，哪知当我往窗口看去，他的身影出现在眼前，伫立如山。

感情的路，往往就是这样，你胜他就败，你弱他就强。即便在遇到他之前有着诸多的理念，在他永不放弃的坚持面前，所有的框架亦会如烟雾般瞬间消散于无形。

曾经的曾经，我一度以为自己是这世上最幸福的人。丁浩很优秀，外形虽然文弱，性格其实很强势，重点是他很用心地讨我欢心。我在这份用心面前丢盔卸甲，所有的自我都一点点丢失殆尽。

他对我从来没有过怠慢，在学校的时候会省吃俭用带我吃好吃的，在刚工作的时候会给我买最新款的口红，在有一定经济实力之后会送我各种各样的名牌包包和衣服。很长一段时间，我都陷在他给我堆砌起来的幻境中无法自拔。

如果不是另一个唇印的出现，我会一直漂在这廉价的彩色泡泡中自欺欺人，直至长醉不醒。

在一个晚归的夜晚，那个粉红唇印出现在他的衣领内侧。

粉色的，性感的，与我小巧的唇形一点儿都不一样，我一看就知道这唇印的主人是个火热的女生。

“丁浩，你去哪里了？”我压抑住愤怒，但出口的声音却带着颤抖。

“还能去哪里，应酬啊。”他没有发现那个唇印，不耐烦地解领带，然后一脸疲惫地坐在沙发上打盹儿。

丁浩是我第一个认真爱的人，我们与普通的校园情侣一样，从青葱年代一路走到了现在。

如果，如果没有意外的话，我想我们会结婚，会携手走到白头。

我一度以为自己就是他的了，杜绝跟其他男人有多余的交流，也尽量减少跟男同事接触的机会。我总是以这种方式默默地坚守，默默地告诉他，他对我的好，我不是不知道。我愿意以无形的话语告诉他，我有多爱他。

可是我从来不知道，人与人之间是不一样的。有的人爱人在形式，而有的人爱人在真心。

丁浩总是抱怨我，说我太被动，说我不像他爱我一样爱他。可是他不知道，他送我的每一支唇膏我都会把空管藏起来，只想等我老了可以看着它们一点点回忆起属于他的过往。他每次吻我的夜晚，他转身沉沉睡去，我却会在夜色下平复那些心如鼓动的感觉。

很多很多的爱，很多很多的喜欢，都在我心里。

他有他炽热的燃烧，我有我沉默的坚守。

我以为我不说，他都知道，可我高估了他的耐心，也低估了自己的狠心。

几天之后的一个午后，我问他了，他没有否认，而是选择跟我如实坦白。

他告诉我，对方是在工作上认识的。

他说，他跟我在一起很久了，我的温暾逐渐让他累了，他想要有个人回应，想要有人牢牢在他身上刻上属于她的印记。

最后，他跟我说："清清，你知不知道，你让我不放心，让我没有归属感。"

我淡淡地看了一眼他，然后收拾行李转身离开。

他追上来，说我狠心。

我看着他泛红的眼眶，什么都没有说，依旧选择走。

我的行李箱里除了衣服以外什么都没有，他送给我的礼物，还有那一抽屉的口红空管跟情书全都留在原处。

我想，如果有一天，他猛然回首，真的理解我了，他会在我的秘密领地找到关于我的所有东西，然后看到我对他的所有真心。

我不挽留，我也不原谅。我总觉得，一个人如果真的爱另一个人，那么一定会走进她的心，然后读懂她的害怕，她的喜悦，她的一切。可显然，我跟丁浩不属于这一类。

我知道我爱他，我也知道，他或许依旧爱着我，可这世界上的很多事情并不是有爱就能解决的，这世上的很多爱，也只是基于日久生情的不舍和无奈。

真正的爱情，是萧史弄玉的琴瑟和鸣，是孟光梁鸿的举案齐眉，是苏轼朝云的不合时宜。真正的爱情，应该是基于理解，而非不得不在一起的无奈。

我依旧爱你，可我不想陷在那抹粉红的唇印中再也走不出来。

丁浩，再见，再也不见。

叙述者：清清

【八】一杯茶

爱情里的迷局，不过是你一个人的事，走出来，便豁然开朗。

我失恋了，在满目的法国梧桐中。

眼前有光影交叠着树梢，洒下一地错落的斑驳。

这斑驳碎裂成片，狼藉遍野，一如我此刻的心。

我叫小洁，或许是人如其名，我洁癖很严重，不仅是在生活习惯上，更是在男女关系上，也因此，我虽然特别渴望能够谈一场轰轰烈烈的恋爱，但从小到大几乎没怎么跟男生说过话。

我来自张家界，家乡有大片的茶田，我自小便是在那一大片绿色的茶叶中长大的。我很喜欢茶叶的清香，高考失利后我没有再复读，而是去南京当了一名茶艺师。

茶艺师看似简单优雅，实则枯燥烦琐，需要掌握各种细节，从茶具到水温再到各类茶叶的识别，一样都不能弄错。我年纪小，面对形形色色的客人的刁难难免会害怕地忘掉步骤，被人训斥一遍也是常有的事，更别说遇到一些“咸猪手”了。

遇到他是在一次茶艺课上，一个中年男人借口掌握不好倒茶的步骤让我示范，过程中却对我动手动脚起来。我心中十分害怕，却因年纪小面皮薄又是新人，不敢制止他。那人的手越来越过分，就在我快忍不下去的时候，有人拉走了我。

“小洁老师，你再教我一次步骤吧，我忘了。”

我得救似的回头，看到了一个同样略显成熟的中年男人，但不知为何，我对他的感觉与对那个动手动脚的男人的感觉完全不同。

我到后来都没弄明白我为什么会喜欢他，他明明不是我的那杯茶。我骨子里清高龟毛，讨厌成年人的感情，向往的是单纯纯澈的爱恋，如青涩的果子，甜中带酸，咬一口满是雨后青山的味道，生活在我内心深处的也是雨后长巷里背着书包的白衣少年，而非这样一个早被生活磨去棱角的中年男子。

大约，是命中该有这一劫。

大约，是初来乍到陌生处会让人变得尤为脆弱，和风细雨也能轻易发酵成海啸。

总之，我就那么疯狂地喜欢上了他。

在我脱身后，我逐渐明白我们之间的开始完全是他的套路，但当时的我没有任何警惕心和感情上的经验，根本没有看出来是他抛出诱饵引我上钩。不过，看出来又能怎样呢？在初尝情爱滋味的少女看来，对方的费尽心机只会更让人感动。爱一个人才会对她花尽心思，情爱中的手腕不过是情趣，不是吗？

可是，我那时不懂，猎物与猎物也是有分别的，有的猎物是猎人想要守护一辈子的，而有的猎物却只是盘中一餐。

我知道这一真相的方式，是他未婚妻的一个巴掌。

就在茶艺室，当着众人的面，那个女子怒斥我是第三者，是破坏别人感情的“坏女人”，我整个人都蒙了，半晌没回过神来，直到他出现，我才求救般地看向他。出乎意料地，他没有说什么，而是将那个女人带出了教室。

他跟她说：“有什么事回去谈。”

那一刻，独自留下的我，明明被人群簇拥着，却觉得掉入了无尽头的地狱。

我彼时才知道，他离过婚，现在有一个未婚妻。

那一天，我浑浑噩噩地离开茶艺室，回到了家。我站在窗前，看着楼下路面上人来人往，想着纵身一跃，是不是就什么苦恼都没了。我只觉这尘世肮脏，我自己更是满身泥泞。

这时候，内心深处那个陪伴了我很多年，因为他的出现而消失的少年再度出现了。我迫不及待地伸手想抓住他，可他却并未朝我走来，而是摇摇头，消失在了梧桐叶的碎痕中。

我想，我内心那片纯洁的地方，怕是死了吧。

我当然没有寻死，而是拖着行李，在寂寥的秋暮中回了家乡，那个有大片大片茶田的地方。

我置身于漫天遍野的碧绿中，我徘徊在迂回婉转的廊檐下，我转来转去，却始终转不出心中的那片魔。我想，即便我身在天堂，也依旧像处于地狱一般。

我恨他夺走了我的天真，泯灭了我对未来的一腔热情，更恨他污染了我内心深处纯洁的爱情。我一度以为，我会死在那个夏天，腐烂在那片茶田。

这片茶田的主人是我的朋友，她看我在南京待不下去了，邀请我来帮她打理，我无处可去，只能于此安放我早已千疮百孔的灵魂。

朋友很信任我，几乎把茶场都托管给我了，自己任性地不知去向。迫于无奈，我只能上阵。

我到茶场后采了一批茶，在炒茶师傅的指点下炒出了它们，然后又试品。一切步骤都没有错，但不知道为什么，入口的味道苦涩难言，宛如一剂黄连，没有一丝茶的清香。

我捧着茶杯看了半天，一度怀疑我在采摘的时候混进了苦叶。

炒茶师傅尝了一口，皱眉直摇头："炒茶的时候一定要心无旁骛。"

我虽被他说得羞愧难当却依旧不肯认输：“心情好坏与茶的味道能有什么关系？”

炒茶师傅没有说话，卷起袖子，戴上帽子，在初放的晨曦中细细采上几片叶。他满是皱纹的脸上遍布着小心翼翼，好像手中的茶叶是他的毕生珍宝。

我认为他有些夸张，这种如待神灵般的虔诚用在这些没有生命的死物上真的可以改变它们的味道吗？

炒茶师傅没有理会我不解的眼神，细细烘茶，慢慢炒茶，又认真地用溪涧里流出的第一捧清泉沏上。

他虔诚地将它捧给我，茶水碧绿，茶香沁人，那香里带着微风，带着秋露，带着夏花，带着一切美好的味道。

靛蓝色的茶杯被我接过，茶水澄澈，惊破了一瓯的春色。

我轻轻入口，那清冽中带着微苦的茶水顺着我的喉入了五脏六腑，它一点点蔓延至我的四肢百骸，苦涩尽后，又氤氲成了清香乳沫。

那一刻，我蓦地想到学生时代背过的一句诗——人间有味是清欢。

风停了，香止了。我像武侠剧里的侠客一样一下被打通了任督二脉，豁然就顿悟了。是啊，我为什么要恨他呢？不过经历一场，不过感受一场，我没有做错任何事，我也没有被夺走任何东西。所有浓烈的爱恨，都不过是放不下的强加，我放下了，内心深处的少年自然就回来了。

所谓纯澈，是我的一片真心，与旁人无关。

那一天的茶让我尝到了人生百味，又让我的人生百味随着茶香微微散去，成了山涧的一缕风，再不见方向。

佛曰：一念清心起，天堂已诞生。

后来，风吹雨过，春去秋来，我在茶田中度过无数岁月，更在茶田中遇到了我年少梦中的少年。我与他一起看茶叶初放，一起赏茶田花开，曾经的伤痛宛若花上露痕，被晨曦蒸发到一丝踪影都不剩。

那时候，我终于找到了天堂。

叙述者：小洁

【九】一串数字

我要露出一点马脚，好让你发现我喜欢你。

很多人都很喜欢蓝色，不过，他们有的喜欢天蓝，有的喜欢深蓝，却很少有人喜欢水蓝色。大概是因为水蓝色没有天蓝的纯澈，又没有深蓝的纯情，过于单薄脆弱了吧。

可是，我最喜欢水蓝色，因为有个男孩曾用这个颜色的水笔，为我写下过一串永生难忘的数字。

我家境平凡，升入大学后只能拼命学习赚取奖学金以减轻生活负担，与我相反的是一个叫何天的男孩，他是我们系家境最好的学生，出手阔绰，一进大学就开着一辆豪车，这件事让全校学生都轰动了。

最初，我并不喜欢他，总觉得这种有钱人家的公子哥儿行事太高调，举止又轻薄，跟我绝非一路人，和他扯上关系一定会惹来麻烦。哪里知道，我躲着他，他却偏偏黏上了我。

我选择一般男同学不会选的服装搭配课程，他选了，还厚颜无耻地坐我旁边；我参加他说坚决不去的运动会，而他却言而无信地报了名，还顶着恐高症和我组队攀岩；我感冒发烧缺课被老师点名，他跟老师顶嘴，结果也被批评了一顿。

一次两次我还能隐忍不发，次数多了，我再也忍不住了！我总不能任由我俩的谣言在学校散播，我明明跟他什么关系都没有。

某天下课，我故意磨磨蹭蹭很久都没走，果然，他也学着我磨蹭。等同学都走光，教室就剩下我们俩的时候，我气鼓鼓地走到他面前跟他摊牌："你为什么总是跟着我？"

他被我的气势吓愣了片刻，不过很快又恢复了一脸笑嘻嘻的吊儿郎当样："犯法了吗？"

好，没不承认就好！

我满眼杀气地抱着胳膊看了他一眼，仿佛在说：你无赖，我比你更无赖！

"我知道，你是想追我对吧？"我不自在地甩了甩刘海，"电视里都这么演的。”

出乎意料的是，他居然没有不好意思，反而一脸震惊：“大姐，你搞笑呢吧，你要胸没胸，要腿没腿，我为什么要追你？”

说完满脸不可置信地上下打量了我一眼。

这个流氓！我气得转身就想走。

“哎，别啊，大学霸，把作业借我抄下呗。”我气得吐一口老血，原来这才是他的目的啊！

不过，既然谈开了，他也就死猪不怕开水烫了。从此，校园里每天都有人看见牛高马大的他厚脸皮地跟在我后边要作业。

据说，这已经成了学校一道靓丽的风景线了。

不知道是不是习惯成自然，渐渐地，哪怕老师没有布置作业，他也会跟着我。当然，温水煮青蛙的我也不再说什么，同样习惯了他的存在。

有一次，他请了一周假没来上课，我竟然觉得心里空落落的。

也不知道是不是身边缺了个有趣的人的原因，我恢复了一张扑克脸，极度不适应的同学们说我是怨妇上身，开始疯狂传出我和何天的绯闻。

本来我还有几个追求者，结果这事传出去之后一个都不剩了！

我曾经拿这事调侃过何天，跟他讲他得负责，他吊儿郎当地开玩笑说当然会负责，还会负一辈子的责任。可是，玩笑终归是玩笑，绯闻也不过是绯闻，永远当不得真。我知道，我林姗姗不会爱上何天，他何天更不会喜欢我。

后来，一切依旧如故，我们一起加入学生会，一起吃饭，一起逛街，一起看电影，一起唱歌，一起旅游，一起做兼职……

他考研复习时，我在旁边安静地写论文；我出门实习的时候，无论多晚他都要开着他那辆豪车去接我……我们很像一对情侣，但我们不是情侣。

春去秋来，四年转瞬即逝。

那个成天跟在我后面自称是学渣的“臭流氓”顺利考上了英国名校的研究生，即将离开伟大的祖国，投向大英帝国的怀抱；而被他奉为学霸的我，却像大部分人一样，一毕业就投身于社会的洪流之中，再也没有机会回头看一眼曾经美好的校园生活。

离别在即，何天请我吃火锅，问我以后想做什么。他问话的时候，语气依旧是没心没肺的，让人不明白他的目的何在。不过，我如实回答了他。

“想开一家咖啡店。”想到这儿，我有些失落，“不过不知道什么时候能攒够钱。”

他眼睛一亮：“我出钱啊！”

我有些诧异他的回答，本来想拒绝，出口却变成了玩笑：“好啊。”

他忽然认真起来：“那不如我帮你开一张银行卡，然后你每个月存一笔钱进去，我帮你保管着，不然你又得乱花。”

我佯装要打他：“好啊你，变着法儿坑我钱哪。”

他“咯咯”笑着求饶，我们闹作一团，好像离别根本没有来到。

吃完火锅出来，天色已经很晚了。暖黄色路灯下，离别的伤感席卷而来，我们站了很久，他缓缓朝我张开了双臂。

我还没反应过来，他已经一把抱住了我。

我下意识想挣扎，他把我搂紧，闷闷道：“别动。”

他的体温隔着衣服缓缓传来，我的心跳也随之加速起来，就在我害怕他发现我的异样的时候，他松开了我，然后趁我还没看清他在路灯下的脸庞便转身大步流星地离开。

他的背影渐渐消失在视线里，我刚刚加速的心跳又一点点地平静下来。

我就知道，他何天不可能喜欢我。

盛夏，何天飞往了另一个国度，我也渐渐地过上朝九晚六的上班族生活。我一个人坐地铁，一个人吃饭，身边再也没有那个嬉皮笑脸的男孩了。最初，我还会用网络视频和何天通话，我偶尔会跟他抱怨父母总是逼我相亲的事，也会炫耀哪个男同事对我有意思。

说这些话的时候，我会偷偷看屏幕那头的他，他的表情看不出异样，依旧一如既往地欠扁。

“是应该给你找个男朋友了，不然老了怎么办。”他调侃。

看到他笑，我突然就笑不出来了。

我借口有事，赶紧挂断。

我不是不知道自己怎么了，正是因为一切都很清楚，所以才更加不知所措。

是啊，我早明白自己喜欢他，只是因为自卑，所以从不敢靠近，只敢用“哥儿们”这层外衣包裹着才敢接近。可是，喜欢又能怎样呢？他又不喜欢我。

日子一天天过着，公司的一位客户开始追求我。

起初我并没有想跟这个男人在一起。可是慢慢地，当我看着和何天聊天窗口里的内容越来越少，当我每天边吃油条边挤地铁的时候，我就突然很失落，我不知道我这样死死地坚持究竟有什么意义。

永远不会倾诉出来的心意，还有什么坚持的必要呢？

没过多久，当那个男生第三次向我告白的时候，我答应了和他交往。

当然，我没有告诉何天。

告诉他又能怎样，让他嘲讽一句总归有人要了？

毕业第四年，我的父亲查出癌症晚期，父亲唯一的心愿就是在去世之前看见我披着婚纱的样子。我握着他枯瘦的手，忍着泪点了点头。

谈了半年多了，也可以结婚了吧？我默默地想。

可是，为什么我的心里会这么难受？我就像一具行尸走肉，在空无一人的街道上，我下意识地就按了那串倒背如流却从不愿想起的数字，电话嘟了几声以后被人接起："林姗姗？怎么了？"

这声音熟悉又陌生，熟悉到午夜梦回在我耳畔响过无数回，陌生到我已经很久都不曾真的听到过了。

不知怎的，我鼻子蓦地就酸了。

电话那头的人不说话。

大雨突然就倾盆而下。

“我要结婚了。”挂了电话后我哭了很久，然后将他的一切信息删除了。

从此以后，就没有联系的必要了吧。

后来，我便开始忙结婚事宜，再也没心思去想别的了。

不久之后的一次同学聚会上听说他刚回了国，办理移民签证，还和几个老同学见了面，并要走了我的联系地址。

我不知道他为什么要我的联系地址，但这么多年来，我大概确定，他不喜欢我，既然这样，也不必给自己留什么念想了。因此，我没有多问什么。

结婚前，也是他飞往伦敦的那一天，我正在试婚纱，店员说有一个没有署名的包裹，给我的。

我打开一看，里面赫然躺着一封信和一张卡。

傻丫头：

见字如面。

你看到这封信的时候我已经走了，以后也不会再回来了。

我喜欢你，整整八年，从大一到现在。八年，抗战都快结束了，可你愣是没喜欢上我。

原来我想，肯定是我不够优秀，所以我选择考研出国，想等变得更优秀再出现在你面前。现在看来，好像是没必要了。

还记得你说你想开咖啡店的事情吗？你个小气鬼，不肯存钱，所以啊，哥哥我就自己给你存了。哥哥攒的可辛苦了，都是自己一笔一笔打工挣的，拿去开个咖啡店吧，万一以后我没那么喜欢你了，带个洋女朋友回来，还有个可以蹭咖啡的地方。

嗯，你的婚礼我就不参加了，这个钱就当份子钱吧，然后，银行卡的密码在下面。

最后，新婚快乐。

我虽然不快乐，还是希望你快乐。

傻丫头，再见了。

何天

我颤抖着往下读，待看到那串数字，一直强忍的泪水顷刻间如暴雨般落下。

那串数字是：033520

——林姗姗，我爱你。

叙述者：林姗姗

【一〇】巧克力

后来躺在黑名单的人，最开始也是踩着七色云彩而来，照亮过你的全世界。

认识巧克力先生之前，我在长虹北路的一个老小区里跟人合租。合租对象是一对“重量级”的双胞胎姐妹，工作还挺光鲜，一个是药剂师，一个是幼师，但不知道为什么，两人都邋遢得要命。

后来，我实在受不了那一屋子的脏鞋子和到处都是头发的洗手间，付了违约金，重新找了房子。

新房东是个 30 岁的男人，戴着一副黑框眼镜，看起来比实际年龄要小很多。

这处新房子很干净，也很便宜，房子三室一厅，只有我跟房东两个人。

我说要住在这里的时候，闺密吓唬我，说这男的八成是不安好心，不然怎么可能一个大男人跟一个小姑娘住一起，房租还要那么低。我没听信她的谗言，还是住了下来，究其原因，或许是对房东的那张脸生不起反感，又或许只是单纯被他那一屋子的巧克力吸引了。

房东叫李多芬，贝多芬的多芬，因为多芬跟德芙的英文单词是一样的，再加上那一屋子巧克力，我就叫他巧克力先生。

他的名字跟伟大音乐家贝多芬只差一个字，从事的行业都和音乐有关。当然，我一开始并不知道他从事着这一行业，只觉得他游手好闲，总是抱着一堆巧克力钻到工作室，一钻就是一整天。直到有一天，我拖着筋疲力尽的身体回来，还没进门就听到一阵舒缓轻柔的乐调，这调子空旷悠远，使我浑身的疲惫和消沉一扫而光，只觉坠入云端。

我如提线木偶般顺着乐声推开了他工作室的门，一个肥肥的屁股对着门扭啊扭，听到动静，屁股的主人李多芬从一架古筝前转过身来，抹了一把汗："回来了啊。"

他挥舞着钳子对我龇牙一笑，门牙黑黢黢的，貌似是巧克力酱。

旁边，音箱开着，音乐静静流淌而出，正是惊艳我的曲子。

嗯，李多芬名字和伟大的音乐家贝多芬只差一个字。不过，贝多芬是音乐家，而李多芬是修琴师。

虽然有些幻灭，但修琴师好歹也算艺术家的一种，我这么催眠自己，从此看李多芬竟是多了层滤镜。

李多芬喜欢音乐，奈何弹得实在不算好，连我这个外行人都能听出来不入流，所以他也不常弹。好在他音乐品味不错，见我不排斥之后，他便将音箱搬到了客厅。至此，家中便时有乐声流淌，我倒在这陌生的地方找到了一丝归属感。

我总是在想李多芬名字的由来，是不是他的父母想让他当个音乐家，所以，才给他起名叫多芬呢？

我一直这么以为，直到有一天，一个高挑的女孩子敲响了李多芬的门。

那是我开的门，开门的时候，女孩子愣了一下，我也愣了一下。

李多芬正在满头大汗地调试古筝，他听到敲门声转过头来。看到女孩子的时候，他原本淡然的眼中闪过一丝狼狈，因为侃大山而喜笑颜开的表情也渐渐凝滞。

他叫她小伊。

小伊没理他，轻蔑地看了我一眼，然后丢下一句“原来你也不是什么老实人啊”就甩手走了。

那是第一次，也是唯一一次，我在李多芬眼中看到了一种类似于自卑和悲哀的情绪。

那一刻，我隐约觉得他可怜，我更觉得自己可怜。

小伊走之后，李多芬开始买醉，一瓶又一瓶。我看他喝，也陪着他喝。

最后，他喝得酩酊大醉，同我讲起了小伊的事。

室内流泻着乐，天上斜挂着月，而我，看着他。

李多芬跟小伊是青梅竹马，小伊自小是个多才多艺的姑娘，一手钢琴弹得尤其好。李多芬喜欢小伊，少年的喜欢没有更多的表达，只有笨拙的模仿。他在父母的反对下报了钢琴课，在众人的不解中改名为李多芬，也在小伊的微笑中喜欢上了小伊喜欢吃的巧克力。在他们相处时的很多个日夜里，她的家里有乐声流泻，他的家里就有乐声相和。

小伊开始注意他，但是，小伊从来不喜欢他。

这份感情就像是两条平行线，彼此相望，却从不相交。

直到，我的出现。

小伊后来又出现过几次，每次过来总是打扮得花枝招展，然后在我面前晃悠。凭着女人的直觉，我感觉她应该是发现了什么。

比如，我的心意。

果然，在她再一次过来的某个午后，我听到了她跟巧克力先生的对话。

她说她到现在才意识到自己喜欢他，她说她希望巧克力先生不要把房子租给一个女人。

我隔着那层薄薄的墙，站了很久都没有开门出去的勇气。

后来的几天，李多芬好像不太敢见我，他来去匆匆，晚上回来得也很晚。我抱着鸵鸟般的心态以为，他终究是不会枉顾合同，答应小伊的无理取闹。

但我高估了李多芬，原来，天下的房东都是一样的不靠谱。

他拿着合同来找我，还不等我说话就急急忙忙地说要给我加违约金，两倍、三倍……直到他开到五倍的违约金，我终于沉默地点了点头。

李多芬屁颠屁颠地帮我找房子，又喜滋滋地帮我搬家，我数着他的违约金，坐在新家里喝可乐，然后看着他汗流浃背地帮我忙前忙后。

接到小伊的电话时，他笑得比花都美，我看他在电话里小心地承认在帮我搬家，又在小伊如期而至的愤怒咆哮后谄媚地讨好……我笑着灌了一口汽水，然后被呛得流出了泪。

李多芬啊，可真是个傻气的心机男，可是，我为什么就偏偏中了这个心机男的爱情圈套呢？闺密说得对，他当初以低价把房子租给我这个女人，果真是不安好心的。他的不安好心，是为了激起小伊的醋劲儿，然后让他们的感情更近一层。

不过，我不怪他，他给我的暖是真的，他在我最漂泊无依的时候给了我一个暂时的家也是真的。所以，我喜欢他，也是真的。

后来，我问自己，为什么要走，又为什么不多敲诈他一点儿？

然后，我告诉自己，因为我不想他为难，因为我不想他变穷。

我想看他光芒万丈，我想看他幸福万年长，我一点儿都不想看他皱眉头的模样。

后来，我的巧克力先生就跟他的小伊小姐结婚了。

再后来，我也爱上了巧克力。

叙述者：巧克力姓李

【一一】桃木梳

祝你们幸福是假的，祝你幸福是真的。

一个女孩的长成是缓慢的，如一朵绝世花开，慢慢长出骨朵，慢慢舒展身姿，慢慢惊艳天地。

在这个过程中，她会把运动服换成A字裙，把马尾辫烫成大波浪，把梳妆柜中最简单的发梳换成大板梳、九排梳和排骨梳，材质也从最初的桃木变成牛角、羊角和紫檀木。

有的女孩扔了故事最初的那把桃木梳，有的女孩依旧留着它，将它藏在梳妆台最深处。

大一那年，我还没有养成随身携带梳子的习惯，跟现在很多精致的零零后小仙女不一样，我的18岁糙得不像样子，为了省一口好吃的往往能将一瓶大宝擦上大半年。那样的我，自然不可能觉得自己会有什么桃花运。

所以，哪怕是在男女比例达到3:1的理工系，主动对我示好的男生也屈指可数。我倒也无所谓，没人在意更好，可以越发随意了。

大一下学期，我们系组织了一次春游，其中一个项目是结队爬紫金山。为了这次的出行，很多女生大包小包带着各种衣服、帽子，涂涂抹抹好半天才出门，一来是为了保持造型，二来是为了防晒，而我为了睡个懒觉连头发都没扎好。这样的结果就是，还没到山顶，我的一头头发就成了金毛狮王的样子。

也不知道是不是被我披头散发的样子吓到了，丁阳看了我好几眼。

丁阳是我们班班长，也是我们这个小队的负责人，我跟他不是特别熟，不过对他印象很好。他热心，成绩优异，主要是长得非常不错。说到这里不免唏嘘，虽然我们系是理工科，但乌压压一众男生一字排开愣是没几个能让人看得顺眼的，一个个其貌不扬，实在让人不忍多看。也因此，样貌周正又优秀热心的丁阳就成了我们系的香馍馍。在我们宿舍的夜谈话题里，他是最常见的名字。

这样的受欢迎程度，我这个连大宝都不舍得多擦的粗糙女汉子自是不敢“亵渎”，所以对于他的关注也没做他想，只趁着他不注意的时候偷偷理了理头发。

我自小体虚，体育课就没及格过，这次爬紫金山一开始还能保持速度不掉队，但好景不长，还没到半路我就体力透支了。

看看周围同学正爬得兴起，一个个满脸洋溢着指点江山的激昂，我不忍拖后腿，只能咬牙支撑着。

也不知道是不是我的脸色太过难看，丁阳实在看不下去了，特意慢了几步来到我身边："你没事吧？"

我摇摇头，边喘气边摆手："没，没……事。"

丁阳瞧我如此，转过脸去拼命忍笑，我窘迫至极，一下子血气上涌，不过好在脸色本来就因为爬山红成了猴屁股，也不怕他看出来。

我以为他关心一下，意思意思就得了，哪知他居然把带队的事情交给了副队长，然后专程来扶我。

我这次可不是窘迫地脸红了，而是直接语无伦次了。

"不必的，没关系，我，我……"

“别我我我了，来，拉着我走。”他伸出胳膊，示意我拉着他的衣袖往上爬。

我尴尬地站着，不知如何是好。别的队伍的同学跟了上来，看到这场景满脸好奇。不行，不能再这么僵持下去了，同学乱想就不好了！我心一横，闭眼拉上他的衣袖。

我的步速很慢，他的步速很快，而他为了等我，刻意与我保持了一致的节奏。

也不知道是不是拉着他确实能起到点儿作用，还是只是我的心理原因，总之这次没费什么劲儿就爬上了中山陵的最高处。由于我们队伍少了我这么一个拖后腿的，轻易取得了全系第一名的好成绩。

同学们在山顶欢呼的时候，我呆呆地伸手看了好久。

难道是四月的景过分美丽，还是山顶的风太过撩人？为什么，我觉得……我的心跳有点儿快？

我正发着呆，他递来一瓶矿泉水。

我一惊，吓得往后退了一步，被他眼疾手快地拉住。一抬头，他正含笑看着我，我竟是撞到了他的怀里。

我猛地弹开，吓得半晌回不过神来。

他忽然不笑了，认真地看着我："我喜欢你。"

啊？啥？难道是爬太高出现了幻听？

许是我的表情太过不可思议，他又重复了一遍，这次我可听清了，确确实实是表白。

好了，不是我幻听，而是他神经错乱了。

他或许是拉着我太累了，我决不能趁人之危！这么想着，我撒腿就跑，留下他一个人拿着瓶水呆呆地站在山顶。

我走了很久，直到到达半山腰才停下来，心跳声有一下没一下地敲击着胸膛，周围的一切都消失了，整个世界只有他那张脸……我一定是听错了！我狠狠掐了掐自己。

虽然不停对自己洗脑，大约是个乌龙，但因为这次表白事件，我对他的关注逐渐多了起来。我发现他走路时会把腰挺得很直，我发现他说话的声音很有磁性，我发现他待人诚恳又温柔，我还发现……我好像早就喜欢上他了。明白我的心意之后，我一个人坐在校园里的台阶上，看着自己的手，许久许久。

我开始反复想他对我的表白，是……真心的吗？

就在我被心事折磨得辗转难眠的时候，秋季运动会到了。我为了改善自己的糟糕体质，特意报名了长跑。意料之中的，跑到一半就不行了。

我自己都能料想到我的脸色苍白到什么地步，额头上大颗的汗珠滴下，总觉得下一秒就要栽倒。就在我想放弃的时候，我忽然听到有人在叫我的小名。

“小乌龟，加油！”那么多人，我一眼就看到了他。

可是，他怎么知道我的小名是小乌龟的？

因为他的加油助威，我硬是咬牙坚持了下来。等我跑到终点的时候，他不顾同学的起哄声，朝我递过水跟毛巾，然后对我竖起了大拇指。

那一刻，我再也装不下去了，在同学的惊呼声中一把抱住了他。

我们谈恋爱之后去中山陵故地重游过几次，在一次下山的路上，他拉着我停在一个卖纪念品的摊位上，选中了一把桃木梳，让老板在梳子上刻上一排字：小羊♡小乌龟。

小羊是他，小乌龟是我。

我明明欢喜地要命，却偏偏嘴硬，问他为什么送我梳子，是不是嫌弃我不够精致。

他那时候正在帮我编花环，听我这么问，很认真地看着我。

“古时候有丈夫为妻子梳头的习惯，我希望，能给我的小乌龟梳一辈子头。”他说话的时候山头恰有晚霞落下，衬着中山陵的风，美好如梦。

那句不是誓言的誓言像水落下，融化在我的灵魂里，从此我再也没法把它擦掉。

我那时一直以为我拥有这世上最纯粹的爱情，我想象着这爱情或成百年佳话，又或以轰动的痛楚而终结，但我从来没想过，我们感情的归宿是这样的。

最终平淡的，在一转身之间，就消失在了人海。

我们形影不离了四年，四年后，他工作了，很忙很忙，而我也一样，忙着忙着，我们就把彼此忙丢了。

分手之前，他跟我说，他可能要去北京出差，不长也不短，半年。他边收拾东西边跟我开玩笑，问我会不会想他。

我那时正在赶一个项目，绩效完成不了年终奖就没了。我忙得焦头烂额，没什么心思敷衍他。

“不会。”我在电脑前，头都没回。

刚说出口的时候并没有意识到什么，一直到我完成项目，我才发现头发已经被我挠成了金毛狮王。我随手从梳妆柜上拿了把梳子，才发现拿到了那把刻着“小羊♡小乌龟”的桃木梳。我想了想，换了一把卷发梳。

我对着镜子梳头，周围的寂寞被放大。

房间空荡荡的，他已经走了，属于他的东西也被搬空了。

这一刻，我觉得好像有什么慢慢消失了，我反复回想起我们临别前的那一刻互动，心一点点地凉下去。我觉得，大约，或许，我们的感情，可能就要这么没了。

却没什么痛彻心扉，只有一丝丝青春不再的落寞。

总有一个人代表着你的青春，你也会不停地怀念他，可你再也找不回他了。

后来，他安定下来之后，问过我一句话。

他问我，小乌龟，你有没有想过我们之间的关系，你觉得，我们之间还存在爱吗?

他的疑问如被揭开的面纱，露出表象下最直白的内里。

确实，我们俩就像两颗刚出生的蛋，单纯无知地恋爱，对未来做着一切美好的想象，但当我们破壳而出的那天，却发现彼此根本不是同类。

我们注定南辕北辙，天各一方。

我有时候很伤感，但伤感之余也会更加明白，这世上很多东西其实都是没有缘由的，一如突然生出的爱，一如莫名消失的情。爱的开始很美，过程可能也是转瞬即逝。可是，即便短暂，却并非谎言，它确确实实在我生命中存在过，这一点永远改变不了。

再后来，我们就成了陌路，而我也将那把桃木梳收到了梳妆柜的最深处。

叙述者：小乌龟

【一二】多肉

他只是看了我一眼，我却在心里演了场电影。

我的办公桌上有一盆老桩，景天科的长寿花，被我养了好几年，早已枝干古朴、亭亭如盖，不负老桩之名矣。

虽然它现下是这副仙风道骨的得道模样，但刚送到我手里的时候可不是这样的，嫩生生，普普通通的。我原本以为养不活，只是出于对它主人的承诺才不得不硬着头皮收下，哪知它居然顽强地存活了下来，然后落地生根，枝繁叶茂。

只是，它的主人倒是看不到了。

也不知道老陈怎么样了，在南非找没找老婆。我摩挲着它的枝叶，想到它的前主人，也是我的前上司。

我叫他老陈倒不是背后叫着玩的，我当着所有人的面也这么叫，虽然听起来有些没大没小，但当事人不在意，外人也没法说什么。

我之所以敢对老陈这样没规矩，主要还是得感谢我们共同的兴趣爱好：养多肉。

我毕业后来这家公司应聘，本来没什么机会，但面试官老陈听说我的爱好是养多肉，觉得我是个有爱心有耐心的人，硬是力排众议把我给招了进来。

我一开始还蛮感激他，后来发现他可能纯粹是想找个“丫鬟”替他照顾那一办公室的宝贝们。

老陈喜欢多肉，喜欢到痴迷的地步，他的办公室里密密麻麻都是多肉，他还尤其喜欢老桩，姬花月、落日之雁、火祭、锦晃星、黑法师……养了一办公室。公司的人传言，他因为养多肉欠了一屁股债，连老婆都找不到，活生生从小鲜肉熬成了老腊肉。

同事大多不喜欢他，觉得他迂腐、寡言又怪癖，有跟我关系不错的同事暗地里让我离他远点儿，免得也被带成了怪人，但不知道为什么，我偏偏就对他产生了亲近感。

当初喜欢他的时候也很奇怪自己为什么会对这个年纪比我大一轮的老男人动心，他甚至都不能被称为大叔，因为并不帅。我自问从来没有什么恋父情结，喜欢的男明星也都是清一色的小鲜肉，鬼知道我怎么会突然被迷了心窍。

但喜欢了就是喜欢了，没有任何理由。

我不是很懂该怎么去吸引他的注意，干脆趁着工作间隙跟他聊多肉，时不时把小家伙们的生长进展汇报一下。讲真的，虽然我确实喜欢多肉，但只是当消遣，还没到爱之如命的地步，我是为了和他多一些共同话题才拼命恶补各种多肉知识的。

后来再熟一点儿，我曾暗暗想过，他熬成大龄剩男到底是不是因为多肉？他沉默寡言、不解风情，唯独谈到多肉才会滔滔不绝，可又有几个女孩子能整天跟他谈多肉呢？或许，同事的传言并非空穴来风。

我想知道这些并不是出于好奇，而是想告诉他，我愿意陪他聊多肉，一直一直聊下去。

那时年轻，初生牛犊不怕虎，凭着一腔热血就能傻傻地往前冲。

某一天，因为我的一句“长寿花是月下童子”，他便将他的那盆长寿花苗送给了我。

我心里的火在他小心翼翼的动作里瞬间燎了原。下班后，我等人走光，去他办公室跟他告了白。

我说，我喜欢他，希望能和他在一起。

他被吓坏了，张着嘴半天才反应过来。

他说：“我知道知己难逢，小刘你不必过于激动，那盆长寿花，我送你就送你了。”

我看着他的囧样有些想笑，这个男人也太憨了吧，怪不得公司疯传他的职位很快就要被海归取而代之了。

“不是的，我说真的，我喜欢你！”我执拗地看着他。

他应该是没怎么经历过女孩子这般炽热的告白，一时半会儿没反应过来，好久才嗫嚅一句：“别闹了，知道我比你大多少吗？”

他 33 岁，我 21 岁，他正好比我大一轮。我知道，我早打听过了。

我从来不觉得我跟他有十几年的年龄差，面对他的时候我反而会生出一种母性。我那时候想破脑袋都不明白这种母性从何而来，朋友解释说是因为我年轻，所以自以为是，想要拯救这个失败的老男人，但我明白不是这个原因。

一直到很久以后，久到我也快奔三了，我才明白，是因为他的善良和纯真。

当后来的我也一步步爬到他当年的位子，我才明白这一路需要踩着多少人的牺牲，又需要违背多少次的真心。很多人在这种急速前进中拥有了很多副面孔，比如我；也有人甘愿与植物做伴，甘愿急流勇退，只为守护内心的一片净土，比如他。

想来那时候的他应该早就料到自己的结局了，所以同事的风言风语他不是不知道，而是当不知道。为免在职场上牵连到我，又或者是想隐晦地拒绝我，那天之后他表面上依旧乐呵呵的，暗地里却明显疏远了我。

不叫我去伺候他的花花草草，也不直接给我布置工作。

我当时不明白他的苦心，还蓄谋着再接再厉，好把他拿下，哪知我还来不及使上劲，他就被调走了。

那时他给我批了几天年假，我玩得连朋友圈都没空看。上班前一天才发现他给我的长寿花苗居然抽了嫩芽，这说明是成活了，我高兴得一夜没睡好。年假结束，我满心雀跃地捧着花盆推开他办公室的门，一个年轻人诧异地抬头，跟我面面相觑。

我一愣，下意识地看向窗台，那些花花草草全都不见了。

“你是，小刘？”年轻人看了眼我的工号牌。

我机械地将目光移向他：“老陈呢？”

年轻人诧异地看了我一眼：“他调到南非去了啊，你不知道吗？”

南非？我脚下一个踉跄，这么突然？

我们公司高层内斗严重，老陈不站队的态度和对事不对人的原则激怒了两边的人，因此被双方共同架空了权利，发配去了最艰苦的大前线。

走时，他带走了他所有的花花草草。

我抱着那盆长寿花，呆呆看了许久，为什么要故意把我支开，为什么不至少跟我说声告别呢？

可是，这对他来说也许不是一个坏的结局。毕竟，与多肉相处比与人相处要容易得多，不是吗？

我环顾了公司周遭一圈，同事三三两两地聚在一起说着老陈的坏话。隔壁座位的男同事探头看到长寿花调侃了我一句："恭喜，终于不用当这些东西的保姆了，还不赶紧扔了。"

我低着头不说话，这一刻我才顿悟他为什么要跟我划清界限，他这是在保护我。

我想明白了很多事，比如他为什么一开始对我那么好，又比如他后来为什么疏远我。一开始对我好是怕同事针对我，后来疏远我是怕他连累我。

他也许对我有那么一点点好感，但为了不耽误我，所以选择不给我留丝毫念想。

这个老男人……我真的没有喜欢错人。

叙述者：养花人

【一三】钢笔

喜欢一个人时，吸进去那么多勇气，最后呼出来的都是叹息。

我叫高宇，今年 26 岁，是个发廊工作者。

我知道很多人对我们这种职业的从业者都戴着有色眼镜看待，好点儿的觉得我们不思进取，差的甚至觉得我们心术不正。我们好像生来就低人一等，虽然点缀了这个城市里的光鲜亮丽，却也是最边缘化的那一群人。

因为职业关系，我见过很多女性，她们或是精致优雅的白领丽人，或是青春活力的大学生，无一例外都耀眼夺目，堪称这座城市最靓丽的风景线。我的同事们很喜欢和这些女性交换联系方式，巩固客户群是一方面，看看能不能发展成工作之外的关系是另一方面。我有时候为了业绩嘴上会跟她们聊几句，却从来记不住她们的脸，也很少主动要她们的联系方式。

同事总说我装，但他们并不知道，我的心里住着一个人。

当你眼里心里都只有那个人的时候，真的很难分心去想别人，因为除了她，别人都是多余的。

我出生于安徽一个贫困家庭，父亲在我3岁的时候被工地上的碎石砸中，当场就去世了，母亲嫁给了一个哑巴。最初生活还算幸福，哑巴父亲虽然脾气不好但因为母亲这层关系对我也还可以。可天有不测风云，在我12岁那年，母亲意外落水溺亡，然后我便只能和没有血缘关系的哑巴继父一起生活。

他脾气暴躁，总是喝得醉醺醺地打我发泄。他没有工作，原先靠着母亲的一份微薄工资才支撑起这个家，母亲去世之后就再也没有任何经济来源了。哑巴继父终日靠接济过活，我念完初中后就没有条件念下去了，只能选择出去打工。

我那时小，不知道该怎么办，终于在外出打工的老乡人之中，有个婶婶给我指了条明路，说我可以投奔妈妈年幼时的好友。婶婶说，那位李阿姨现在是江宁一家大型服装厂的厂长，厂里正好缺人，应该可以收留我。

我本着学点儿手艺的想法战战兢兢地买了去江宁的车票，一路上满是对未来的忐忑和恐惧。到江宁时，天色已经晚了，我拎着大包小包从火车上下来，正原地打转，一个很好看的阿姨牵着一个小姑娘朝我走了过来。

“你是，高宇？”

我傻乎乎地点点头，半晌才明白过来这个阿姨好像就是照片里的李阿姨。

“李阿姨好。”我慌忙朝她鞠躬打招呼，包没拉好，包里的地瓜滴溜溜地滚落了好几个到脚边。

因为穷，这张火车票花光了我所有的积蓄，我没钱买吃的，只能从地里挖几个地瓜带着路上充饥。这本是属于我最隐私的秘密，不承想刚一见面就暴露在光天化日之下。我窘迫极了，站也不是，弯腰捡也不是，少年的自尊心在那几个滚落的地瓜中碎得七零八落。

“好可爱的地瓜。”一道甜甜的声音响起，随即，李阿姨身边的小姑娘捡起地上的地瓜递给了我，“还你。”

她笑眯眯地看着我，弯弯的眼映着天上皎洁的明月，点亮了我灰暗的人生。

那一刻，我心中所有属于少年人的隐秘难堪，全都融化在了那个天使般的微笑里。

她叫小楠，是李阿姨的女儿。

小楠在市重点中学念书，成绩很好，厂里的人都说她考上重点大学没有任何问题，李阿姨也一直以这个女儿为荣。不过，小楠虽然什么都好，却从来不是那种傲气的女孩子，甚至连厂里的姑娘们姿态都比她高。

大概就是因为这样的她，后来的我才谁都看不上的吧。

有一句话说得挺好的，年少时不能遇见太惊艳的人，否则往后难以安度余生，这句话大概就是在说我了。

李阿姨待我很好，给小楠做好吃的一般都会捎带我一份，这样我就有机会跟小楠坐在李阿姨的宿舍吃饭了。小楠是个很用功的姑娘，她吃饭的时候都在看书。而我，就在偷偷看她。

我知道我不该对小楠有什么想法，她跟我之间太遥远，远到隔了一座山的距离，但李阿姨对我太好，有什么都不会少我一份，日子久了，竟让我有了一丝错觉，觉得只要努力，我便会永远和她这样下去。

小楠出生在阳春三月，每年生日李阿姨都会叫我一起过，我看着那个月亮下的天使女孩虔诚地吹灭蜡烛，时光就这样过了一年又一年。

小楠高三那年，李阿姨给她办了一场很豪华的生日宴会，宴会上她请来了很多同学，有男有女。我本来习惯性地坐在她身侧，但看到这些意气风发的同学时，蓦地就生出了一股自卑。他们聊着未来，那个世界是我不可企及的。

我恍然明白了，我跟她完全是两个圈子的人，根本不会有相同的人生。即便她看似近在咫尺，可那不过是镜花水月，一捞就散了。

聚会结束，李阿姨指着一堆礼物问怎么处理。

小楠挑挑拣拣了半天，将男生的礼物全都挑了出来，准备还回去。

我看着那一大摞精美的礼品，抿了抿唇，眼睛有些发涩。

小楠忽然拿出一封情书，诧异地看了半天：“咦，这谁写的？”

我的呼吸一下子停了。

她拆开情书看了眼，脸上的表情由好奇变为嫌弃："凋零的凋居然能写成调？这两个字的含义也差太多了，这人语文怎么学的啊？"

说罢随手将情书扔了，我看着被揉成一团的情书，口袋中揣着的钢笔怎么都拿不出手。

后来，我渐渐发现了更多面的她，越发觉得她不是我能去肖想的女孩。我知道，她独立有主见，她慕强而上进。我也知道，她对我好只是习惯使然，并非我特殊。但知道是一回事，继续想念是另一回事。

李阿姨一直在为我的前途考虑，她说服装制造是夕阳产业，也不适合男孩子干，不如去学厨师，这样还能有一技之长。

小楠听到之后随口说了一句："学厨师有什么好的，学理发吧，这样小宇还可以给我做造型呢。"

就这么一句话，决定了我的未来和方向。

后来，小楠成功考上南理工，而我则去了新街口某家理发店当学徒。

我们依旧在一座城市，却再也没有交集了。

小楠她好像从来没有想起来过，要找我帮她做造型的事。

我偶尔回去看李阿姨，她会告诉我，小楠念研究生了，小楠找到工作了，小楠谈对象了，直到有一天，她告诉我，小楠结婚了。

是啊，她就这么结婚了。

一直到她结婚，那一年我吃了三个月的馒头省下钱买的钢笔都没能送出手。

甚至于，小楠都不知道有一个男孩子默默地喜欢过她。

我在她的笔记本上偷偷写过她的名字，我为她练了很久的书法，可即便这样，我还是因为紧张写了错别字。

小楠她可能永远都不知道，那封被扔进垃圾箱的情书，其实是我写的。

叙述者：高宇

【一四】雨伞

你在我面前永远闪闪发光，就像整个宇宙的星光都洒在你身上。

鼓楼地铁站又叫清风站，连接着北京东路和西路，也连接着我走向她的路。

我跟她相识在青奥期间。那一天，我被一场大雨困住了脚步，只能在清风站不远处看着那只丑萌丑萌的砳砳（南京青奥会吉祥物）发呆，余光中一抹红若隐若现，如雨后怒放的牡丹。我心生好奇，转身才发现是一个红裙子少女。

少女垂着头，及腰长发湿漉漉地垂在身前，像被浸润的水藻。

她一开始好像在打电话，不久，电话挂了，她就这么安静地低头站着，不知道在想些什么。

我时不时偷瞄她一眼，不是因为好奇，也不是因为无聊，纯粹就是想看她。我想，每个人都遇到过这样一个人，哪怕从不相识，哪怕连脸都没看清，但在那个人靠近你的时候，你会生出一种强烈的感觉：是她。

此前，我从未有过这种感觉，遇到她的时候却无师自通。

她偶尔抬起头，光洁的侧脸从浓密的乌发中露出，与我的视线顽皮地打了个招呼。电光火石间，我的灵魂如被电击，并震颤不已。

还记得当年看《我的野蛮女友》时诧异车太贤跟全智贤的感情戏太过突然，尤其是男主，见了一面就能忍受一个心有所属的女孩子的肆意打骂，也太不现实了。

遇到朵朵之后，我才明白那时的我有多幼稚。

爱情来了，如火苗骤起，不知纵火人，顷刻间吞噬你的一生。

对了，朵朵是她的名字。

初识那天，她正好跟她的前任分手，而我，买了地铁口仅剩的一把伞给她，然后就这样猝不及防地闯进了她的生活。

朵朵性格活泼，有时候确实像个野蛮女孩，共撑一把伞的情谊让我们迅速熟了起来，但很可惜，她并不是我的野蛮女友。

朵朵的前男友是一个叫君天的家伙，那人是个典型的花花公子，对付女孩子很有一套，和他在一起的朵朵像个十足的傻白甜，平时的机智狡黠全都不见了踪影。分开之后，君天又来找过几次朵朵，朵朵一开始还记着他和陌生女网友撩骚的事，不肯原谅他，后来却渐渐松动，说到他也没那么咬牙切齿了。

我预感不妙，心中害怕，便时常和朵朵说，如果男孩子真的爱一个女孩子，绝对不是这样的，一个女孩子正确爱人的方式，也不该是这样的。断了就是断了，不应该藕断丝连，更不应该暧昧。

我以为在我的灌输下，朵朵至少会对他的接近心生警惕，哪知她经过一通深思熟虑，竟然选择了与他复合。

知道这样的结局之后，我把自己关在家中好些天没出门。

她神经粗，没意识到我的异样，但也可能不是她神经粗，而是我于她而言只是个普通朋友，没必要施加太多关注罢了。

她和君天和好之后找过我几次，我没再像以前一样理她，逐渐与她疏远。她意识到我的冷淡，以为惹我不开心了，问我怎么回事。我告诉她，如果喜欢一个人，就不应该和另外的人走得太近。

我没说出来的话是，尤其是那个男人还对你“心怀不轨”。

她是个洁身自好且知分寸的女孩子，见我这般说就明白了，后来，再也没找过我。

就这样，我一点一点地从她的生活中消失。为什么不是我们在彼此的生活中消失？因为我没有一刻不在想她。我看到他送了她一束花，我看到她发了紫峰大厦上他们两手交握的照片，我看到他和她一起出去旅游……

看到她在微博上和粉丝承认复合的回复时，我正为她做PPT教程。

她之前和我抱怨过，说她不会用办公软件，我便记下来。本来想手把手教她，后来也没有什么理由去接近她了，但我忘不了这事，便用PPT做了个教程给她演示。

当然，我也有私心。

因为，我在那个教程里藏了一个秘密。

粉丝问她："你复合啦？为什么啊？"

我点了确认键，在 PPT 里藏了一个会自动闪现的图片。

她回复说："嗯，不太舍得。"

我眼前一阵恍惚，"啪"地关了手机。

电脑屏幕上忽然闪现出刚才隐藏的照片，我扔了手机，默默地看了窗外很久。

作为一个男人，我知道另一个男人会因为女朋友有男闺密而为难女友，我不想让她为难，选择主动退出她的世界。

我跟朵朵认识两年，从 2014 年的秋天到 2016 年的秋天。我无数次看她打着那把碎花的伞，那是我跟她的初识。那时，她说她不喜欢欠别人，就死活把那把伞还我了。那时，我总是心存侥幸地觉得，她并不是不喜欢欠别人，而是想找机会跟我相识。但显然，这只是我的一厢情愿罢了。

后来，朵朵就消失在了我的生命里，而这把伞就成了我们之间唯一的记忆跟证明，记录着我没有结果的爱情。

后记：

我跟她整整失联了一年，这一年里她没来找我，我也没去找她，我们好像就这样分散在人海之中。

一个月前，我如常在清风站停下，准备出地铁口，朵朵穿着我们初识那天的裙子，笑眯眯地看着我。

我有些惊讶，刚想跟她说好巧。

她好像知道我想说什么，率先说出口了。

她说："不巧，我是特地来等你的。"

我有些愕然。

她说："跟你在一起的那两年我一直以为我对君天念念不忘，答应和他复合后，我看到你在 PPT 教程里写的告白心语，知道了你的心意，但我依旧想不明白自己的心。

"我跟他在一起三个月，分手了，我不知道自己对你是不是喜欢，但我知道，我已经不喜欢他了。我独自旅行了很久，终于鼓起勇气来找你。

"田戈旭，我可能有一点儿喜欢你，你能接受我吗？"

叙述者：田戈旭

【一五】玩具熊

明明是他把我宠坏的，可他连改变的机会都不给我，就对我判了死刑。

我叫小离，父母在我很小的时候就离婚了，我跟着母亲生活。我对父亲有些印象，依稀记得他高大强壮，有宽厚的肩膀和有力的胳膊，轻易就能将我举到空中，总归是个很厉害的男人。

从小到大，每当有什么委屈我总幻想父亲挡在我面前替我出头，而我只需要躲在他山一样的背后就好。幻想太多，以至后来我都分不清哪些记忆是真，哪些是假。

母亲是个要强且脆弱的女人，打落牙齿和血吞的同时又习惯将一生苦难都放在脸上，我害怕她凝重悲苦的表情，久而久之，我也就什么都不和她说了。

我一个人长大，独自面对生活的明枪暗箭，多少次被刺得遍体鳞伤，只能一寸寸地舔舐伤口，然后一次次在暗箭群发中学会躲避。年少时，我防备心强到睡觉不背对着墙、夹着被角就睡不着，后来，夹着被子的习惯就被抱着一个硕大的玩具熊代替了。

那是一只毛茸茸的大抱熊，最常见的那种，在淘宝上就能搜到。不过，我的那只稍微有些特别，它非常大，足有两米。

我20岁生日那天，一个如我记忆中的父亲般高大健壮的男孩子抱着它出现在女生宿舍门口，他脸上的笑像春天里最和煦的一缕风。

他在女生震惊的眼神中对我说："你抱着它的时候就像抱着我。"

他不顾众人的唏嘘递给我："你不是失眠吗？有它陪着会好点儿。"

我看着那只比他还高的熊，心中那堵四处漏风的墙好像被什么堵住了窟窿，胸口一下子暖和了很多。

那只将近两米的抱抱熊一度成为女生寝室的传奇，我把它放在床边，就像身边多出了一个人。

后来，我便睡在抱抱熊和墙壁中间的位子，背对着墙，面对着它，一睁眼就能见到它憨憨的脸，我的睡眠质量竟然真的变好了很多。

这，就是我跟他之间的定情信物。

对了，他叫赵末齐，是我第二个男朋友，也是我的大学同学。说起来，我跟他谈恋爱的原因一点儿都不浪漫，是我衡量之后的结果。当然，这个衡量无关金钱，而是因为他看起来很靠谱。

只是，这样不浪漫的原因，竟然开启了我最刻骨铭心的一段恋爱，比最纯澈的初恋还要难忘。

俗话说，穷人家的孩子早当家。他就是那个穷人家的孩子，又是家里的老大，自小就承担起照顾弟弟妹妹的责任，因此给人的感觉非常稳重。我喜欢他的敦厚和细致，更享受他无微不至的照顾，我太欠缺呵护，他的一切特点于我而言都有着致命的吸引力。

或许是潜意识对自身欠缺的东西有着天然的感应力，我几乎没做过多考虑，一眼就在一众追求者中选了他。恋爱之后，他对我也是真的好，帮我搞定作业、搞定手工、搞定一切琐碎事，到大四，我几乎完全失去了生活能力，被他宠成了一个“二级残废”。

这样子的我就像是在温室待久的人，惧怕认识这个社会，惧怕除他之外的任何人，惧怕接收任何新信息，我甚至连申请一个微信都会产生排斥心理。

成长过程中，每个少女或许都将遇到霸道总裁然后被圈养起来当成毕生梦想，却并不清楚圈养少女的霸道总裁其实也会累。更何况，他也不是霸道总裁。那时的我不知道自己已经成了他的负担，我天真地以为他是超人，会一直像那只抱抱熊一样守护着我。

时光如水，很快就大学毕业了，我去了苏州，他留在了南京。

他的工作性质需要 24 小时候命，又因为是新人，单位里所有的眼光都聚焦在他身上，因此半点儿差错不能出。

这样的他很累，而那时候的我却并不能理解。

我一如既往的娇气、脆弱、敏感，租房子找他，电脑坏了找他，跟同事处不好关系告诉他，惹了烂桃花也得他出面……最终，他受不了了，跟我在南京火车站大吵了一架。

那次吵架很突然，他要帮领导写发言稿，而我要他来接我。

他让我自己打的，我撒娇耍赖非要等他来。

终于，他来了，晚了半小时。

我很生气，质问他为什么会迟到。

他沉默了半晌，身后行人寂寥，天上群星闪耀。

他开口的话，我一辈子都忘不掉。

他说："你不是小孩子了，你知道我有多累吗？我们单位处处是借力的，就我拖着原生家庭还得拖着你……"

我目瞪口呆。

他眉眼黯淡，在月色下有种说不出的疲惫。

而这种姿态，本不该是他这种意气风发的年纪该有的。

他说："我累了，我们分手吧，你以后别来了。"

那天我不知道自己是怎么回去的，一路上，我看着风景在车窗外后退，往事也一幕幕回放。

光反了方向，瀑布回到悬崖旁。

我一点点地去想，从今天到昨天，从今年到我们刚认识的那一年。

我想起他很多次有意无意地暗示我，说这个同事老丈人如何，那个同事爸爸怎样……原来，一切早有预兆。

我一点点地还原出一个真实的他，原来他并没有那么强大，也并没有那么完美，他也只是一个很累很累的孩子。可是，我始终弄不明白，是他把我宠坏的，为什么连改变的机会都不给我，就对我判了死刑呢？

也许，什么原因都没有，只是爱情如冰，在现实的灼晒中说散就散了吧。

从此，人生也就这样了，既已说结局，便不会再回头。

我们跟很多人的某一次擦肩而过，也许就是今生的别离。我跟他，从来便无甚特殊。

分手后，电视剧《我的前半生》大热，我看着陈俊生忽然想起了他。是的，他不要你了，但他也不是坏人，你连恨都无从恨起，你只能怪你们最终走偏了方向。

后来，我渐渐适应了没有他的生活，其实一切也没有想象中的那么难，没有谁离了谁会活不下去。成长，实则是一件加速度的事，迈出第一步就好了。

再后来，我见到了我的父亲，我才发现这个男人并不是记忆中那般高大的模样，他中等身材，不高，皱纹遍布的脸上藏着一丝习惯性的懦弱。得知他来找我要生活费之后，我二话不说给了他我力所能及的数额，他满意地离开了，一句话都没和我多说。

我看着他的背影，才明白，可能是我那时候太小，所以看他才那般高大。

也有可能，是我现在长大了，所以看他才如此渺小。

总归，世界如何，还是在于我们自己。

不是吗？

叙述者：小离

【一六】钱包

人总会一叶障目，轻易看到别人的拥有，却习惯忽略自己的财富。

我叫许多，来自于某偏远小山村。

到南京念书之后，有同学跟我开玩笑，说一直以为我们那种山沟沟给小孩儿起的名字都会是“翠花”“二狗”之类的，想不到我的名字还挺时尚。

我嘴上笑闹他们别瞧不起人，心中却有一丝悲凉。父母给我起这个名字的时候并不知道什么是时尚，他们一页页地翻字典，最终在翻到这个词的解释时眼前一亮，一致决定就用这个词给我做名字。他们什么都没有，也什么都给不了我，只能给我一个名字，希望我以后能真的拥有许多东西。

高三填志愿的时候，父母拜访了很多亲友，又小心翼翼地看了半天地图，觉得南京是个很不错的地方。六朝古都，省会城市，又在长三角。他们其实并没有什么分辨能力，只觉得南京头衔最多，因此极力给我推荐。

我听了他们的话，拖着行李箱来了南京。

来之前，我从身边人口中以及书本上对南京有个大致的印象，晓得这里有很多文人骚客，很多高校，很多美食……但是，来了之后我才知道这里居然也有很多小偷。

初来乍到，满心都是对这个城市的好奇，在交到能和我一起四处游玩的朋友之前，我就迫不及待地想把南京的景点全都看一遍。这一看的结果就是，太过忘我，接连丢了手机和钱包。

当我发现丢东西的时候急得半死，身份证跟学费卡都在钱包里，这可怎么办？我户籍在老家，补办起来很麻烦。

我急急忙忙跑到玄武湖旁边的警局陈述了半天，两名值班的小警察只是例行问了一下具体情况就没再多说什么了，让我回去等消息。我大概也懂，在这种景区，丢了东西再找回来的可能性微乎其微。

出了警局的门，我越想越伤心，蹲在门口就哭了起来。

“她好可怜，夏季哥哥你有纸巾吗？”隐约是个女孩子的声音。

我以为是路人，没搭理，继续哭。

“给你，擦擦吧。”沉稳的脚步声在我面前落定，我不情不愿地抬头，一个高大的男人和一个娇小的女孩子含笑站在我面前。

明明是居高临下的姿势，但两人脸上的笑太暖，我一点儿都没有觉得不自在。

男人递给我一张纸巾，我懵懵懂懂地接过，一眼就看到了他手里那个小巧精致的朱红色钱包。

那是我的钱包！

好啊，一副衣冠楚楚、道貌岸然的模样，原来是两个小偷？

我气急攻心，一下子失去了思考的能力，二话不说就站起来拉着男人往警局拽。女孩子被我吓到了，反应过来想制止我，但她力气小，根本就不是我的对手，只能又惊又气地跟着我们进了警局，一路上骂骂咧咧地说我不讲理。

警局的小同志看我回来就蒙了，尤其是我还带了个“嫌疑人”。他们听我跟那个女孩子吵了半天都没消停，建议我们走民事纠纷。

女孩子急了，拉着警察据理力争：“什么啊，我男朋友在垃圾箱边捡到这个包，打开一看里面有身份证，所以想送到警局来的。如果这样都要惹麻烦，那以后谁还敢做好事？”

我跟他们掰扯了半天才想起来看钱包里有没有少什么，听女孩子这话赶紧拿过来查了一遍，万幸，虽然钱不在了，但是卡都在，这下不用补办身份证了。

我上下打量了他们一眼，寻思着这两人应该确实不是小偷，想着要不就这么算了。

“怎么了？少什么吗？”警察问我。

我点点头，把丢的钱和手机如实汇报。

“你……”女孩子气得瞪圆了眼睛，像只竖起耳朵的小兔子，“你想讹我们啊！”

一直没说话的男人上前一步，宠溺地摸了摸女孩子的头，动作温柔到连小警察都不自在了。他轻声安抚女孩子："安然，不生气。"

叫安然的女孩子嘟着小嘴"哼"了声，眉间眼梢的春色却怎么都藏不住。

他的动作太专心，专心到好像除了对面的姑娘，别的都是不存在的。不知道为什么，这一刻的我竟起了丝不合时宜的想法：这个叫安然的姑娘，她一定拥有很多很多东西吧。

男人随手拿了一张纸，在上面写了一串数字给我："这样吧，你丢的东西我赔给你，这是我的联系方式，你后面可以随时联系我。"

"我……"我想说，我其实没那想法，但是在他亮晶晶的笑眼里，我愣是把余下的话咽了下去。

这天的事情就这么结了，我从警局撤了案，也成功和这个叫夏季的男人有了联系。

后来我知道他是业内知名 IT 公司的华东地区销售部经理，恰好我学的是理工科，时有疑难问题问他，他都会耐心地敲上一长串专业答复给我。我知道他忙，看着他密密麻麻的一行字，心中不禁闪出一丝雀跃：他的温柔原来也会溢到我这个陌生人身上。

忽然间就生出了奢望，妄想将这温柔据为己有。

两周后，许诺我的手机寄了过来，还是当下有钱都很难抢到的最新款。我借口补手机差价请他吃饭，他则迅速以“这部手机是内部价格，并不值钱”为理由委婉拒绝了我。我试图说服他，无果。最后，还是我大胆跑到他公司门口堵住了他，我们才有了一次单独见面的机会。

“其实你真的不必的。”他穿了一件很正式的西装，比起那天的休闲装更显精神，也更帅气。我原本想找个有格调的料理店请他吃饭，但他执意将我带到他们公司旁边的一家小饭馆。他挑了个门口的座位，正好在饭点，来来往往全是人，充满烟火气，当然也不可能给我们留下任何暧昧的空间。

“不，一定要谢谢你。不然……补办起来很麻烦。我是说身份证。”不同于上次拉他去警局的彪悍，我这次简直紧张到语无伦次了，“我觉得你好有耐心好温柔，真好……哈哈。”

我干笑两声，直想抽自己，这说的什么跟什么啊！

他合上菜单，看着我微笑，一双眼睛明亮而睿智，好似一眼就能将人看穿：“不用谢我，你的钱包是安然先看到的。”

服务员过来拿走了菜单，他便趁着等菜的工夫跟我聊起了安然。

安然是他女朋友，更是他青梅竹马的邻家妹妹。

关于他们的故事，其实要追溯到十年前。安然的父母在一次车祸中双双身亡，于是安然成了孤儿。夏季父母可怜安然，就收养了她。只是，目睹父母双亡的安然从此之后得了创伤后遗症。她不再说话，像受伤的小兽一样整日蜷缩在黑暗中，不跟任何人接触。

夏季最初不是个很有耐心的人，他那时已经上初中了，跟刚上小学的安然并没有什么共同语言。但是，看着当初那个活泼的小姑娘变成如今这样，夏季心疼了。他开始学着温柔，学着体贴，学着和她相处。他一步步走进她的心，一寸寸熨帖她的心，一点点治愈她的心。

为了她，才有了现在的他。

“他们都说我温柔体贴，其实全是因为她。”他含笑喝了口水，“她像易碎的瓷器，我怕一不小心会把她碰坏，只能小心再小心了。”

菜来了，我匆忙用筷子夹起一块油炸冰淇淋，明明是甜口的，我却觉得又酸又涩。

大约是觉得目的达到了，夏季也没有再说关于安然的事情，而是陪我安静地吃完了这顿饭。饭后，他礼貌地向我道了谢，我慌乱地挥挥手，然后目送他离去。

直到他彻底消失在人海，我才敢肆无忌惮地朝着那个方向看去。原来，那个娇俏如花般的女孩子并非我所以为的拥有着全世界，相反，她在那么小的时候就成了孤儿，而我虽然贫穷如斯，可至少有幸福的家庭。

这一刻，我特别想我的父母，干脆站在十字路口边拨通了家中的那台老式座机。

照旧没人接听，我晓得他们可能是在干农活。可又怎样呢？我的心已经在那“嘟嘟”声中圆满了。

半年后，我在夏季的朋友圈中看到他和安然的结婚照。

他如此写道：她总说，她是因为我才重新爱上这个世界。可她不知道，我是因为爱上她，才开始去爱这个世界。

那是一个秋天的傍晚，我正坐在一座高楼的玻璃窗前看斜飞的夕阳。

我放下他送的手机，推窗闻风中的花香，心中被汹涌的暖意灌满。我拥有这个世界，我拥有很多人的善意，我拥有完美的家庭，我也会拥有让我更爱这个世界的他。谢谢你们，让我看到这许多的美好。

叙述者：许多

【一七】练习本

喜欢就去表白吧，“like”拼读出来不就是立刻吗？

我的学生时代几乎是暗色的，唯一的亮色，大概要数那本写满公式的笔记本了。

初二那年，学校分尖子班，准备重点突击，帮助优等生冲刺重点高中。

幸运的是，我也考上了，虽然是以最后一名的成绩。

我原来从不知道“宁做鸡头不做凤尾”是一句至理名言，总是觉得人以群分才是硬道理，直到我到了尖子班。

那个班不仅全是天才，连教室都在最高层，每次我从窗户看出去都能体会到一种空荡的寂寥感，颇有些苏子笔下“高处不胜寒”的意味。

我不喜欢这样的孤寂，更不喜欢每次都被老师点名批评的羞辱。

在这样一个班级，我承受着巨大的压力，几乎每次考试都是垫底的，更可怕的是，每当我考物理、数学这种学科的时候，才写到一半就能看到有人开始交卷。

我身边的那位就是个中翘楚。

他叫桑凯，长得特别像年少时的陈冠希，却又没有陈冠希的油滑气，稳重而幽默。

他各方面都很好，唯一的缺点，就是他的优秀给了我极重的心理负担。每次一看到他交卷，我就会乱了阵脚，没有心思去写下面的题目，以至于考得惨不忍睹。

后来，他好像意识到了自己给我造成的困扰，不提前交卷了，每次写完之后就默默地计算。我看他翻来覆去地检查，心里稍安，竟然能安心做好接下来的题目了。对于他的细心，我深表感激，因此主动跟他说了声谢谢。

我跟他道谢时，他笑眯眯地摇了摇头，他的身后有柳絮飞过，似乱花入眼，迷了我的心。

我好像恋爱了。

当然，是暗恋。

桑凯并没有好学生的遮掩，他乐于助人，总是细心地给我讲解题目，一个公式一个公式地在笔记本上分析，那本崭新的笔记本很快就密密麻麻地布满了公式。

初三快结束的时候，我藏起了那本笔记本，准备跟他告白。

就在这时，我发现了一件事，他跟我们班最好看的姑娘互动的频率越来越高，那个姑娘是他分班之前的同学。他有时候会跟她一起放学，有时候会跟她一起去原来的班级找老师，有时候，他们的姿势都是一样的。

他喜欢咬笔头，她也喜欢咬笔头；他喜欢用左手撑着额头思考，她也喜欢用左手撑着额头思考。

我不知道这些相似，到底是出于我的敏感猜疑，还是出于女孩子特有的直觉。但我知道，那个女孩子太过优秀，优秀到我难以企及。

毕业的时候，我曾经想象过很多浪漫的画面，比如他跟我表白，比如我跟他在某个拐角偶遇，再比如有同学帮他传达对我的喜欢……但显然，这一切都不会发生。他甚至在最后几天都没来学校让我好好跟他道个别。

我的青春在中考前夕终结，留下一个未明的问号。

后来，时光匆匆，斗转星移，我走过高中，步入了大学。

大学后，我接受了一个长得有些像他的学长的告白，谈了恋爱。

我跟学长的认识说来也是缘分，学长在图书馆自学，坐在我对面，第一次见到他时，我就傻了。许是我的表现不太自然，学长主动跟我搭讪，然后，我们认识了。

我跟学长好像是天注定的一样，很多地方都很契合。比如，他爱看书我喜读诗，他爱钢琴奏鸣曲我喜轻音乐低鸣音。我有时候看着他的侧脸甚至会想，我遇见桑凯是不是只是一个前奏，目的，是为了让我遇到学长。

如果一切这样下去倒还好，可老天总像在开玩笑，我居然又遇到了桑凯，还是以一种极其狗血的方式。

我们学校在江北，男生少，女生多。我室友都是单身，一天到晚挖空心思搞联谊，挖着挖着，挖到了邻校。

室友的好友在东南大学，据说学校里全是帅哥，也全是光棍，便约好一起出去玩儿。我是为了凑人数被拉出去的，以防万一，我还带上了学长。

就在珍珠泉的长城半坡，我看到了桑凯。他高了、瘦了，也更帅了。

那一刻，我呆了。

我从来不知道，世界上会有这样的事情发生，也许是失望过太久，当有机会出现在我面前时，我觉得是上帝和我开的玩笑。

怎么不是玩笑？在我有了男朋友之后，遇见了还是单身的他。

我愣了，他也没有好上多少。

还是他主动来跟我打的招呼。

他说："嘿，好久不见。"

我不知如何反应，身边的学长似乎看出我的尴尬，代我回了他的招呼。

这一切狗血得要死，但我终归不是偶像剧里的女主。爱一个人六年又如何，过去的只能是过去。

我想，也许他的出现是为了让我跟过去告个别，然后，再好好地接受现在。

那天，在珍珠泉的石亭里，学长去买烧烤用的东西，而他趴在我身边的栏杆上对我笑。

他说："真好啊，又见到你了，不然，我的青春都无处安放。"

见我有些惊讶，他又笑了。

他说："你别怕，我以前挺喜欢你的，就是不敢说，现在看你谈恋爱了，我就死心了，也可以安心地找女朋友了。”

有一阵风恰好吹过，我脸上有凉凉的泪珠滑落。我不知道我为什么会哭，也许，是我的青春终于得了个圆满吧。

一切的一切如云烟过，我跟桑凯终于还是写下了错过。

那本笔记本我一直留着，因为它告诉我，有爱及时说。

叙述者：阡陌

【一八】保温杯

茨威格说过：一个人类的群星闪耀时刻出现以前，

必然会有漫长的岁月无谓地流逝而去。

遇到他的那刻，我才知道，过往的十八年，都为今天做准备。

跟朋友去山西路吃海底捞，出来之后两人沿着小道逛了一圈，莫名走进了山百大楼对面的三福。

朋友说，作为一个佛系90后，她得买条打底裤，再买个保温杯。

三福的保温杯打折，清一色二十九元，各种款式，各种颜色，各种造型，很能戳中我们这些中年人的少女心。

“洛洛，你看这个好不好看？”好友激动地拿起一个兔子造型的粉色保温杯问我。

我转头看去，一抹粉红氤氲着好友的笑脸猝不及防地跌入了我的眼底。

我呆呆地摸着杯面，肌肤跟铁壳接触的瞬间，时光陡然交替，岁月顷刻轮转，我的记忆就这么直直跌落在了八年前的那个冬天。

那时候，我刚念大一，每天都会准时去自习教室复习功课，这是高三沿袭下的习惯。

冬日天凉，没有空调，我特地买了保温杯、热水袋带去教室复习。

那一天，我占到了窗户旁边的位置，淡淡的阳光从窗户透进来，周围静悄悄的，但我却好像能感受到那种冬日特有的慵懒和活力。我写写看看，并没意识到我的人生会在那一刻有所改变。

就在我感觉有些口渴，想拿起保温杯喝水的时候，一道黑色的身影快速地从我身边闪过，正好碰上了我拿保温杯的手，保温杯“哐当”一声掉到了地上，水全洒了。

我有些恼火，这人怎么那么不注意！

他一边跟我道歉，一边手忙脚乱地帮我捡保温杯。

“不好意思啊，把你的杯子弄脏了，我再赔你一个吧？”他起身，抬头，笑眯眯地将手上的保温杯递给我。

阳光透过窗户融融地洒在他的脸上，他好像镀着金光从天而降的天使，刺了我的眼，入了我的心。

茨威格说过：一个人的群星闪耀时刻出现以前，必然会有漫长的岁月无谓地流逝而去。

遇到他的那一刻，我才知道，我过往的十八年，都白过了。

他执意要赔我保温杯，但其实那个保温杯一点儿都没坏，我出于私心还是给了他我的联系方式。

那个时候还没有微信，只有 QQ 跟飞信，我跟他的联系一直都很频繁。从一开始他发给我各种保温杯的款式让我挑，到后来我为了感谢他请他吃饭，再到后来我们两人习惯性地互道晚安。

我知道他喜欢我，也确定他知道我喜欢他，可就是不知道为什么，我们始终没有捅破那层窗户纸。

年轻的时候，我并不知道握在手里的温暖是最重要的，所谓自尊，与那个人相比根本一文不值。可是，18 岁的我年轻气盛，总觉得这种事情不应该是我一个女孩子开口。

我在等风，也在等他的告白。

我们相识一年零八个月，在 2011 年的初秋时节，我跟大二说了告别，正式拖着行李箱跟大三如期而遇了。

我走在校园的林荫小道上，想着一会儿要见到他心情就无比雀跃。

他早我一天到了。

本来说好了去接我，他却临时通知我被班级的事情耽误了。因此，我们约好等我放好行李就在学校的奶茶店里见面。

哪知世事弄人，拐过小树林的时候，我看到一对璧人抱在一起。女孩子有一头柔顺的长发，身材窈窕，侧脸柔弱到仿佛一碰就会碎。男孩子则清瘦高挑，有着一张好看的笑脸，仿佛只要看着他，就能被光芒环绕。

那个男孩子，是他。

我呆呆地站在小树林外，第一次觉得他如此陌生。哪怕在第一次见面，我生出的也是好像在哪里见过他的亲切，好像这个男孩子生来就是我的。我想，这也许就是我不主动的原因吧。我始终觉得，他是我的，逃不掉。

可是啊，那只是我觉得。

那天，我悄悄地走了，删了他所有的联系方式，并把他的消息屏蔽了。

他是大我一届的学长，平时跟我的生活圈子并没有多少交集，我一下定决心离开他，他好像就真的离开了我的世界。

后来，我安心沉浸在学习中，以前跟他常去的地方都不再去了。

那时候的我只觉得他是个渣男，跟我搞暧昧的同时还有女朋友，怪不得他从来不跟我说喜欢二字。我恨死了他，想到他就如鲠在喉。

很多很多年之后，我再想起那双眼睛，才透过岁月的层层纷扰，看清那眼里宛若群星的璀璨。

我们失联了很长一段时间，期间在校园里偶遇过几次，一开始他看到我有些欲言又止，问我为什么不回复他。我让他别再联系我了。

他微微张着嘴："你，是有男朋友了吗？"

他的模样有些可怜，我的心瞬间就软了，可我一想到那天的那个画面就生气，只能将心中那股酸涩的感觉强制压下，然后仓促地点点头，转身就走。

后来，他又有几个月没理我，我再见到他的时候是五个月后，2012年的1月，那时候，距离我们认识正好两周年。

我的保温杯换了一个又一个，蓝的、绿的、黑的、白的……我都用过，只是再也不用粉色。

寒假来的第一天，我接到了一通陌生的电话，电话那头是他。

他突然跟我表白了。

他说，他喜欢了我整整两年，一直没有表白实在是有难言之隐，在得知我有男朋友的五个月里，他受着极大的煎熬，趁着过年，他处理好了自己的事情，来跟我表白。不求有结果，只求对得起他的心动。

我握着电话的手在空气中许久未动，在寒风中被冻到麻木。如果不是突然映入眼帘的他的身影，我不知道我还会待多久。

我站在校园南门前，对面是一排小店，一道黑色的颀长身影捧着一束花从其中一个店出来。我们俩在同一时刻抬头，同一时刻看到对方。他的眼中散落着鲜花的旋转，沾染着阳光的徜徉，我们就这么呆呆地注视了许久，他突然迈脚朝我走来。

一辆客车飞速地驶来，并没有因为小街的狭窄而放缓速度。

“哐当”一声，我的世界就这么陷入了无尽的黑暗。

我记不得那天的太阳，我记不得围在他身边的那群人的模样，我也记不得他倒在血泊中的身影。

我只记得，那天他手上的花瓣纷纷扬扬，染红了天穹，落满了地面，也模糊了我的芳华。

在他的葬礼上，我看到那天跟他抱在一起的那个女孩子。她穿着一身白色的羽绒服，跟他的父母抱在一起哭。

葬礼结束的时候，她找到了我。

她说："我知道你，他跟我说，你是他最爱的女孩子。"她眉眼黯了黯，"我一直喜欢他，我有先天性心脏病，活不了几年了，他怕我受刺激，便一直没有明确拒绝我。在他去世之前的几个月，他做了很多功课，慢慢让我接受我跟他不可能在一起的事实，他让我好好享受自己的生命。我后来才知道，他是怕失去你……"

听到这儿，我强忍的眼泪顷刻间夺眶而出……

我的男孩，我的傻男孩，他怎么可以这么善良又这么傻，一直一直都在为别人考虑，最后为了我这样没有良心的人连生命都弄丢了。

佛曰：缘起即灭，缘生已空。

失去他的那一刻，我就知道，我的人生，往后都再也不会有阳光了。

他离开我已经八年了，我也从当初的少女成长为一个女人，可我这辈子可能就这么过了，不会有老公，不会有子女，不会有自己的家庭。

因为，我怕我忘了他。

那么美好的少年，我多么多么想让他永远活在我的心里。

如此，他便是不灭的。

叙述者：洛洛

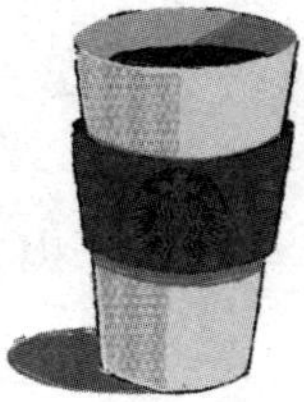

【一九】榛果拿铁

不是每段故事都有后来，更多的是无疾而终。

我是一个画家，准确地说是一个画手，因为并不出名。

我的本职工作是山西路附近一家奶茶店的店员，每天上半天班，同事来跟我换班之后，我就会背着包拿着纸笔去奶茶店对面的星巴克画画。

其实我更喜欢不远处的先锋书店，窗外就有人来人往的十字路口跟参天梧桐，有时候还有小蚂蚁从窗外的花丛里爬到我的桌上，可以让我对着画上半天。可是，那里的座位都是付费的，而我付不起。

因为穷，我只能选择在这里。星巴克很安静，并且不会因为你没钱买咖啡而有人用异样的眼光看着你。

我的同事大多是学生，要不就是兼两份工的本地人，唯独我什么都没有，还不思进取地利用一半时间去画画，自然过得异常拮据。

我每天准时去星巴克画画，有时候运气好能接到活儿，一幅画五十块钱，但是要反复改，直到甲方满意为止。

遇见他的那一天，我正为漫画里男主角的形象发愁，他就这么意外地跌入了我的眼底。

他坐在我对面的不远处，面前有两杯咖啡，对面空无一人。

他好像在等人，不停地看手机，却不见他打电话去催促。终于，他的电话响了，他一脸惊喜地接通了电话，脸上的表情却越来越凝滞，最后，消散成一道淡蓝色的轻烟。

他是失恋了吗？我脑补出一段爱恨情仇。

他坐在那里，一口又一口地灌着咖啡，好像要把咖啡当成酒一样解忧。

“别喝了，咖啡喝多了对身体不好。”就在他喝光了一杯咖啡想去喝另一杯的时候，我抢过了那杯咖啡，“我没钱买，你要不介意，就给我喝吧。”

他看着我的眼神有些诧异，这诧异消解了哀愁。

我看着他的眼，心想：甚好，甚好。

我未经得同意就喝了他的咖啡，那是一杯榛果拿铁，我爱的口味。

“你看，这个男的像不像你？”我得意地将刚才画的他的形象给他看。

他怔住，和我说了第一句话：“我有这么好看吗？”

我“扑哧”一声笑了，这个男子还真可爱，跟我以往认识的男子不太一样，别的男子但凡好看几分，便自我感觉良好，像他这样好看而不自知的人很少。

也许，这就是他情场失意的理由吧。一个人姿态放得太低就是条件再好也会在异性眼里打折。

后来他说，那天等的那个女孩是他大学追了四年的人，他为了她放弃了去上海的一家五百强企业工作的机会，留在了南京一家毫无发展前途的国企里。女孩对他的态度总是很暧昧，若即若离，又不说放弃，总是会因为很多事情耽误他，却又从来没有明确地拒绝他。

他在这段感情里受尽伤害，却始终没有放弃。

他说，她是他的整个青春，他无法跟青春说再见。

我在他面前的表现看似洒脱，但谁都不知道，我那拿过榛果拿铁的手在细细地冒着汗珠。

我知道我喜欢他，一见钟情，但我不敢跟他表白。

我想，与其被他拒绝，不如就这么安安静静地看着他。

后来，我跟他时常在星巴克遇到，他知道我是画画的，我也知道他是搞研发的。国企并不是搞研发的好去处，他又无法在冗余的机构里笑脸迎人，是以时常有些郁郁寡欢。他不高兴的时候，就会来星巴克喝咖啡。这时候，我就会将他各种各样的模样画下来。

“你为什么不走呢？”有一次他又对着咖啡解愁，我问他。

他真的跟我认识的男子不一样，人家是借清酒消愁，他是借咖啡解忧。

他双手撑着下巴，幽幽道：“因为舍不得她！”

“可是，你就没想过，她根本就是把你当备胎吗？”我问。

他眉眼低垂，长长的睫毛在幽暗的灯光下投下一缕剪影，脆弱得像蜻蜓的翼。

我的心猛地抽了一下，好像有细线丝丝缕缕地缠上了我。

我想，我不能再这样下去了，我得远离他。我是个自尊心很强的人，不美，很穷，没学历，没家境。但是，这样一个我才更加心高气傲，更加不可能飞蛾扑火。

我知道他爱那个女孩，我如果主动追求他，结局显而易见。

恰好之前那个以他为形象的漫画大火，我在业内出了小名，拿到一笔不菲的稿费，还有很多人前来约画。之后，我将奶茶店的工作辞了，专心画画。

从此，我再也没去过那家星巴克。我跟他不曾交换微信，我们就这样失散在了人海之中。

后来的后来，我接受过一次采访。

主持人问我，当初那个大火的漫画里的男主人公形象是否有原型。

我跟她讲了一杯榛果拿铁的故事，并告诉她，我爱那个突然闯入我的生活连电话号码都不知道的男生。

我不知道他会不会看到这段采访，看到之后又是什么心情，我曾经在收获一些自信之后重新去过那家星巴克，我等了连续一个月，可却再也没见过他。

我不知道他是否离开了这座城市，又或许，他和他喜欢的女生在一起了，不用再来咖啡屋借咖啡消愁了。

我只知道，自他之后，我再也没见过一个如他那般让我心动的人了。

叙述者：画心

【二〇】明信片

我不喜欢这个世界，我只喜欢你。

我是个坏女孩，逛过夜店，睡过马路，也跟社会青年谈过恋爱。

18 岁那年，我跟父亲大吵了一架，走出了家门，从此，再没回去过。

我的父母在我 16 岁那年离婚了，我被判给了父亲。然后，我父亲便光明正大地将他在外面的女人带回了家。

我跟那女人势同水火，她时常在父亲面前告我状。父亲一开始并不愿理会，后来，那女人一哭二闹三上吊，父亲便打了我一巴掌，指望她能消停点儿。

她倒是消停了，我也离家出走了。

我希望他们的家能安静一辈子，像死了一样安静。

离家出走之后的我并没有谋生的能力，只能选择去夜店打工。夜店霓虹闪烁，行人匆匆，各色红男绿女上演着人间情浓。我偶尔会在夜色朦胧下看着那些男人，他们清一色长了一张模糊的脸，散发着难闻的情欲的味道。

我即便叛逆，也并不爱这些油腻的吃相，我在这些人里面找了个看上去充满雄性荷尔蒙的男人。

那男人是个社会青年，胳膊上全是文身，腹上有六块腹肌，看上去很凶猛，实际上也很凶猛。

我跟他在一起是因为他会保护我，我离开他是因为他在喝醉酒之后打了我。

那一天，一个熟客让我送一下他。我把这个熟客送到酒吧门口，正好被他看到，他喝得醉醺醺的，质问我怎么回事。

我有些生气，说这是一个朋友。

他二话没说，冲上来就给了我一巴掌，我被打蒙了，跌坐在地上半天没反应过来。

这时，一个白色的身影突然出现在我面前，他把我轻轻地扶起来，用手绢擦了擦我的嘴角。他离我很近，眼神很温柔，仿佛沾着露珠的花瓣，给我带来一丝芬芳。

“瑶瑶，你怎么这么不听话？”他略带责怪道。

我桀骜地扭过头去，不看他。

“这小子是谁？”社会青年在对面咆哮。

“我不认识他。”我走到社会青年身边。

社会青年很高兴，搂着我准备走。

我白了他一眼：“你当我犯贱？被你打了还跟你在一起？”

说完我甩甩膀子自己走了，社会青年在我身后的威胁和咆哮我丝毫没放心上。

帮我的男人叫夏目树，是我以前的邻居，也是我从小到大的同桌。

我念书时成绩不错，而这都要得益于这个学霸同桌。

他特别喜欢多管闲事，我玩的时候督促我，我打瞌睡的时候叫醒我，连我跟男同学说两句话他都会跟我说别浪费时间，总之，就是比我父母还爱管我。

我一开始嫌他烦，总是不理他，后来被他管习惯了，不用他说，就乖乖地跟着他一起做功课。

那时年少，不知道有些人走进心里，就是一生。

后来，我遭逢家变，生活过得一塌糊涂，便直接离家出走，从六合跑到了江宁。

我的父亲不会管我，我的母亲也已不知去处，我没有朋友，我一度以为，我恐怕死到哪里都没有人知道。

他却突然地出现在我面前，让我不知何意。

“你为什么一直跟着我？”我转身进了一条小巷子，故作发怒地问他。

路边的青石小瓦房很好看，小瓦房顶的袅袅炊烟也很好看。

他，更好看。

“回去念书吧。”他认真地看着我，“我喜欢你，我想天天看到你。”

我愣住。

往事踩着青石小道的路面纷至沓来，我记得我情绪低落时他偷偷递来的字条，也记得被人欺负时他替我出头的背影，可我从来不敢想象他会喜欢我。

我们从小学到高中都是同学，他成绩好，总是死皮赖脸地当我同桌，有时候成功，有时候失败。我以为他是跟我比较熟悉，哪里敢想，他是因为喜欢我。

他是那样优秀，而我，一无所有。

“你开什么玩笑？”我惊惧地往后退。

他一步步朝我走近：“瑶瑶，以前是我不对，从未说过这话，我本该找时机再说，但现在我管不了了，我不想看你这样下去……”

他的眉微微皱着，看上去很伤心，我想帮他抚平。

突然，一身刺青的社会青年冒了出来。

“呵呵，我就知道，你跟这小子也有一腿。”

说着，他一拳打了下去。

夏目树是乖学生，自然不是他的对手，躲了两下便不敌。我看得心惊胆战，见左右找不到人，便开始护着夏目树。哪里知道，我的举动彻底激怒了社会青年。他一招一式，凶猛无比。

我一直挡在夏目树面前，他打了几次没打到夏目树，恼怒无比，最后气疯了，一拳打了下来。

我眼睁睁看着他的拳头朝我落下来，紧紧闭上眼，最后，料想中的疼痛并未袭来。

但耳畔有什么划过，带动风的微拂。

空气有一瞬间的宁静，整个世界好像都静止了。

我睁开眼，夏目树的背影衬着远处明黄的斜阳，缓缓地倒在我面前。那一刻，我的世界，失去了所有的色彩。

社会青年一看闯了祸吓得赶紧跑了。

我的哭喊声引来了周边居民的注意，他们帮我报了警、打了120。

警察跟医生其实很快就来了，但我蹲在他身边看着他，感觉过了好久好久。

一眼万年，错过即永远。

我伸出手，顺着他的眉眼一点点抚摸过，过去很久很久的回忆重新跑回我的脑海。

小学五年级，我被隔壁班的小男生气哭，这个向来沉默寡言的小同桌跑过来把隔壁班的小男生打走了。

他朝我伸出手："别哭，以后被欺负了就告诉我。"

初中二年级，据说学霸夏目树为了转到我们班，跟老师和父母发生了很大的争执。

高中三年级，他留给我一张字条，上面写道：我知道你没我聪明，我考南大，你考河海或南京师大吧，两所学校隔得很近，有人欺负你，我可以帮你教训他。

细碎的阳光透过窗沿洒在斑斑驳驳的课桌上，字条上娟秀的字体映着他狡黠的笑脸，我的心瞬间就化成了漫城的花红。

夏目树，你的温暖让我懂得了爱，你的优秀让我不敢爱。

离开家的那天，我背着简陋的包裹在学校外晃了半天，始终没敢进去找他。

我身上除了一些衣服、钱之外，唯一带的，就是一张明信片。

是圣诞节那天，他偷偷塞在我抽屉下的明信片。

他在明信片上写道：不要伤心，面朝阳光，日子才会更加美好。

也许那时他看出了我心底的阴霾，却从来不敢戳破我的伤心事。

现在的我终于明白，我没有任何理由放弃我自己。

我把他送到医院，确保他的安全之后，偷偷地离开了这座城市。

我身上带着的，只有这张明信片。

夏目树，等我足够优秀，我还会再回来的。

如有明天，愿能一起走向永远。

叙述者：季瑶

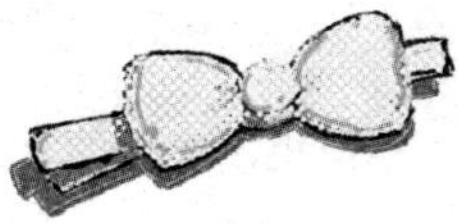

【二一】发卡

“后来”这个词，诠释了一切不想改变，却又面目全非的事。

我今年 38 岁，是个不算年轻但也不算老的女人。

你也许以为我会是那种穿金戴银、注重养生的女人，但我不是。又或者，你会以为我是那种围着老公和孩子转的女人，抱歉，我也不是。

我至今单身，有个 18 岁的女儿。

18 年前，我跟一个男人生下了浅浅，然后一个人把她拉扯大，一晃就已经这么多年过去了。

这世上最幸福的事情就是，女儿已经大了，可你还没老。

跟一般 18 岁孩子的妈妈比起来，我确实算年轻。

浅浅今年刚念大一，她成绩很好，本可以保送清华，但她不放心我，选择了东南大学。

送她去上学的那一天，我烫了个头发，然后站在镜子前细细地看着那张还算年轻的脸，将一枚发卡戴在了头上。

那是一枚很幼稚的发卡，上面有着白色碎花，像是小姑娘戴的，跟我一点儿都不搭，但我依旧视若珍宝。

“妈，这是那个男人留给你的吗？我看过它三次，一次是我刚念书的时候，一次是我10岁生日时，还有一次就是这次。”浅浅伸手抚过我的发卡，“你这么多年没找别人怕不是为了我，是为了他吧？”

我笑了，浅浅真的很聪明，跟他一模一样。

我弯下腰，从最底层的床板里掏出一个乳白的盒子，盒子一直没动过，像发卡一样崭新无比，一点儿都看不出是18年前的东西。

浅浅好奇地凑过来看，我揭开盒子的层层防护，掏出一张泛黄的照片，递给浅浅。

那上面印着的，是一段情的短暂的一生。

我 17 岁那年高考落榜，为了能够圆大学梦，特地报了一个辅导班，高考复读班的授课老师就是他。

我第一次见到他的时候，他穿着一件白衬衫和一条洗得发白的牛仔裤，头发有些长，看起来很梦幻。后来熟了，我才知道他留长发是为了省钱，而不是因为扮酷。

在他消失的两年后，台湾版的《流星花园》风靡全亚洲。那时候，我已经不在国内了，却时时通过翻墙软件去追这部电视剧。因为，这部电视剧里有一个叫花泽类的角色，像极了他当年的模样。

他是绘画老师，专门教我画画。

我是艺术生，但文化课跟艺术课都不达标，成绩很差。

他有时候会留下来帮我补课，久而久之，我发现他的文化课成绩也非常好。

我有些好奇，问他为什么会来做老师。

他说他念的是师范，因为师范学费低，而且有很长的假期，可以通过兼职赚双份钱。

他家境不好，有一个弟弟和一个妹妹，父亲瘫痪在床，家庭重担几乎全部落在他跟他母亲身上。他母亲因为常年操劳身体不好，所以他要拼尽全力才能撑起这个家庭。

我出生在富贵之家，父亲做生意，母亲是公务员，爷爷奶奶和外公外婆均留下了丰厚的财产，几乎算是吃穿不愁。即便我不考大学，将来要走的路也不会太差。

我从没想过，这个世界有一扇门，里外两面，呈现着两重天。

我不知道一开始对他的感情是怜悯还是同情，总归不是爱情。我很喜欢跟他待在一起，他是1976年生人，比我大4岁，看上去文弱雅致，像冬天的一道光，凉凉的，带着明黄。

他时常很忙，总是不见人影，后来我才知道，他兼职了好几家辅导机构工作，早中晚都有课。

我知道这些，是因为有一天，他没来上课，代课的老师告诉我们，他因为劳累昏倒在课堂上，被送去医院抢救了。

那一刻，教室里有一种特别的气息萦绕着，好像有他的身影微笑着穿过人群朝我走来。

他低头看着我，对我笑。但这一切都是幻觉。

我的心告诉我，我爱上他了。

我跑去医院的时候，他正一个人艰难地拿水喝，看到我时，他有些尴尬，我递过水，他朝我说了声谢谢。

“你赶紧回去念书吧，快要高考了吧？”他说。

我摇摇头，掏出课本：“你帮我复习吧，我聘你当我的家庭老师，价钱好说。”

他脸憋得通红，低着头。

我未曾见过一个男人露出这副姿态，一时有些愣怔。

“你，是不是可怜我？”他问。

“没啊，我喜欢你啊。”我这话未经大脑便脱口而出。

说出口之后，我们俩都愣了。

追他很难，费了我很大力气，我甚至发动了很多同学对他进行围追堵截，终于在我生日的时候，跟他软磨硬泡，得到了这枚小小的布制发卡做生日礼物。

“这个是不是定情信物？”我开玩笑道。

他被我弄得满脸通红，不肯说话。

我把发卡戴在头上，霸道地在他的唇上印上一个吻。

他离我很近，我能感觉到他的睫毛轻轻地在我的睫毛上划过的温柔。他唇上的味道是淡淡的桂花香，带着秋的温润，稀薄美好得好像下一秒就会被冬风吹散。

可我不曾想到，他会真的在我的生命中消失。

我在高考结束之后不怀好意地将他带到酒吧，他那天喝得很醉，我们在一起了。后来，浅浅便来了。

我看事情遮不住了，跟父母坦白，希望父母能答应让我们在一起。

结果我父母在暗自调查了他的家世后，死活不同意我们在一起，甚至要带我去国外把孩子打掉。

我在医院冰冷的手术台上哭到昏厥过去，醒来之后给我父母下跪，希望他们能把浅浅给我留下来。

父母默许了，条件是以后都不能跟他联系。

我知道，即便不同意我也没有其他选择。那些年，父母带我在美国以进修的名义将浅浅抚养长大，只为不毁家族清誉。

世长如水，涤尽风华。这世间的一切，荣耀、清誉最后都会如烟雾散去，剩下的，只有岁月的一声轻嗟。

父母相继离世之后，我带着浅浅回到南京，接管了家业，至此跟浅浅相依为命。

我找了很多地方，以前的学校，他家的旧址，他可能出现的所有地方……却再也遍寻不得他的痕迹。

是啊，谁还会停留在老地方呢？

原来，18 年就是我的一辈子。

我跟他的过往，除了那枚发卡，谁都不记得。

叙述者：留白

【二二】猪肉干

你握着我的痴情，说这就是你胜利的筹码。

每晚下班，我都要经过大洋百货的负一层去地铁口。

在那条路上，我会路过很多很多的美食，但是，我只能忍受着饥肠辘辘看着橱窗上万千众生相的倒影，在地铁出口买一份五块钱的手抓饼当晚餐，我甚至连里脊肉都不敢多放一份。

其实我并不穷，我出生于一个小康家庭，父母双全，有公职。而我在某家大型电子公司当销售代理，月入过万。

我所有的拮据，来自我的男朋友。

我们的交往一开始就以结婚为目的，为了省房租，我们很快便顺理成章地同居了。

我是个传统且没有野心的女子，大学是在一所文科学校念的，没有过恋爱经历。父母在我念大学的时候还心心念念让我好好学习，不许恋爱，我刚一毕业他们竟然开始催婚。

迫于无奈，我开始相亲，然后认识了现在的男朋友。

中国的父母好像都一样，女孩父母总怕女儿滞销，严重低估女儿的价值，男孩父母总觉得自己儿子最厉害，别人家的女儿都是高攀。

我们同居不久便订了婚，他的父母说他们家没钱，给不了彩礼、房子跟车子，让我们尽快结婚，婚后自己努力买房，最好早些把他们接到南京来享福。

我将他父母的话原封不动地告诉了我爸妈，我爸妈嗫嚅了半天，竟然同意了，还跟我说，以后是要当人家儿媳妇的人了，一定不能任性。

我心里很不是滋味，我是独生子女，如果嫁入这么霸道的家庭，那我父母以后怎么办，谁来照顾他们？

那时候，我才知道我的父母有多伟大。他们含辛茹苦地抚养我长大，却从未想过在我身上得到什么。

我一面听着父母的话，一面又在不停地质疑着他们的价值观。

在这个世界上，女孩子真的要付出那么多，才能得到一个看起来体面的生活吗？我能赚钱，我有学历，我长得不赖，我为什么还要给别人当牛做马才能维持一种世俗意义上的幸福呢？难道，这一切仅仅是因为我是个女孩吗？

以前，我是个彻头彻尾的乖乖女，从未叛逆过，但在婚姻这道难题上，我开始有所反思。

我不是不愿意陪他吃苦，只是觉得太不平等，太过不值，好像他的人生，一遇到我就可以将全部苦难转移。

今天是我生日，我照旧路过大洋的负一层，路过那家有名的肉脯店时，我停住了脚步。

“小姐，尝尝吧，很好吃的。”面熟的司仪小姐拿着一个托盘站在我面前，托盘上是色泽鲜亮、切得细细碎碎的肉脯。

我是一个无肉不欢的人，自小最好父亲的一手红烧肉，念了大学之后心心念念要减肥，食堂里的肉都不敢入口。自从跟男友在一起之后，钱都应他的要求乖乖存到我们的共同账户上去了，身上没有多少闲钱，好在今天发了加班费，所以，我就在尝了一口那块甜甜糯糯、带着肉特有的香气的肉脯之后买了一份。

挺贵，二百块钱一包。

我拎着那袋厚实的肉脯出了地铁的时候，心里沉甸甸的，好像有处莫名的空虚被填满了。我甚至在地铁上偷偷吃了一块，当带着蜜汁的肉脯入口之后，好像有股莫名的力量朝我身体源源不断地输送能量。

那种久违的满足感可真幸福啊。

没想到的是，他会为此跟我吵一架。

回到那间逼仄的出租屋时，他正在打游戏。客厅的灯坏了，他并没有修，整个房间透着一种昏天暗地的乌糟。

我叹了口气，轻轻地走过去，将肉脯放在他身边，然后准备去下碗面。

今天是我生日，我想让他陪我吃一碗长寿面。

“你干吗呢？快帮我倒杯水来。”他头都没抬，吩咐道。突然，他的眼神被猪肉脯吸引住了：“这是什么？”

我给他倒水的时候随口道：“猪肉脯，大洋的‘美珍香’买的。”

他掏出一块吃：“多少钱？”

我把水杯递给他：“一斤二百，我今天生日，就……”

我话还没说完，他的声音便拔高了好几度：“二百？都够我爸妈半个月生活费了，你怎么这么没有当人媳妇的自觉？”

他接过水，哐当一声放在桌上：“不对啊，你身上怎么会有多余的钱？”

我看着水花四溅在电脑屏幕上，屏幕里是一场枪林弹雨的激战。

眼前的一切开始迷糊，我好像回到了17岁的那个初夏。

那个初夏的傍晚，我站在星空下幻想以后的爱情，我以为，即便不惊天动地也起码有细水长流的温暖。

反正不会是眼前这副模样。

我默默叹了口气："我们分手吧。"

他好像没听到我在说什么，脸上的表情在昏黄的灯光下有种夸张的怪诞，好像黑色喜剧里的人间悲剧一样好笑又心酸。

我默默地转身，按部就班地开火、切菜、下面，看着面条在滚烫的汤水里翻滚的模样，心中的决定渐渐明了。

我可以不要爱情，可以不要金钱，可以不要希望，但是，我绝对不能不要尊重。终此一生，哪怕孤独终老，哪怕一辈子活在别人异样的眼神里，我也绝对不可以让自己成为旁人的附庸。

我想，我总该有在生日那天为自己买一份猪肉脯的权力。

叙述者：奈奈

【二三】灯泡

即便此后失散于人海，我们之间也非感叹号，而是一串绵延的省略号。

我是个富二代，准确一点儿说是个白富美。

从小到大，父母几乎将我的生活安排到极致，什么都不用我操心。在这种情况下，我并没有成为傻白甜，而是成了一个将所有精力都放在提高自己上的女精英。

16岁，我出国留学，20岁，学成归国，在我爸的公司当了总经理，专门负责业务拓展。

为了能够更好地工作，我特地在公司附近买了房，准备独居，安心处理公司的事务。

我找了家装修公司帮我设计，家具这些东西我不喜欢去买现成的，听说国内的家具甲醛超标现象很严重，所以就去定制了家具。

给我制作家具的是一对师徒，师傅是个60多岁的老人，徒弟是个20岁出头的小伙子。

他们刚来的第一天就很认真地看我找人画的设计图，我想要的家具模样都在上面。

师徒两人都很老实，我有时候给他们倒水，他们都不喝一口。后来渐渐熟了，我也心知这两人好，便给他们配了把备用钥匙，让他们随时进来打家具。

有一次，我把一份文件落在家里了，中途回去，发现就徒弟一个人在。

推开门的时候他正半跪在地上测量高度，时值七月酷暑，房内很闷，他却连空调都没开，为了不吵到邻居，他甚至连窗户都关得牢牢的，以至于他额角有细细密密的汗珠流下。

这个小师傅以往总是低着头，毕恭毕敬地站在他师傅身后，让人看不清他的样貌。此番，他那张如朝露般干净的脸在门开的一瞬间突然跃入我的眼帘，我竟被惊艳到了。

我眼高过顶，走遍大江南北从来不曾真真切切地看上过什么人。

那些帅哥在我眼里不是徒有一张精致的脸但却空无灵魂，就是满身雄性的侵略气息，让我不舒服。

我有时候会生出一种无奈感，也许自己不喜欢男人呢。

这一想法在这一幕跃入我眼帘之后消散无踪，原来，我会对男人动心，对那种即便跌入泥淖也依旧干净如云的男人动心。

“你为什么不开空调啊？”我边说着边走过去打开了空调。

他站起身，有些拘谨地站在我身边：“空调太费电了，我跟师傅在一起都不开的。”

我看了看他的脸，递给他一张湿纸巾：“擦擦吧。”

他的视线落在纸巾上，手迟迟没伸出来。我佯装不耐烦地塞到他手里，划过他手时好似擦过一段干木，带着粗糙的温暖，有让人心安和心跳加速的力量。

不知为什么，那天我竟然在家留了半天，还给他做了顿晚饭。

那是我第一次做饭，手忙脚乱的，一份面条从搜索做法到切菜配料，再到面条下锅整整花了我一个多小时。面还没做好时他便安静地站在我身后，跟我说他弄好了今天的活儿，打算走了。

我赶紧拦下他，生怕他跑了似的，留下他吃饭。

他表情有些诧异，好似不敢置信。

我没好意思解释些什么，转身将面条夹入调好料的碗里，然后端给他。

他直直地看着我，我有些不好意思，转身给自己夹面，然后匆匆端着面回到自己的座位上。

他低着头跟了过来，拘谨地坐在他打的木凳上，低头吃面。

一向少话的我难得挑起了话题："你是哪里人啊？"

他的脸埋得很低，被面条的热气氤氲出了微微的红："江西人。"

“那你以后有没有什么打算啊？”

他思考了一下，默默道：“我妈把我送到师傅这里，让我跟他好好学木匠活儿。本来我是为了混一口饭吃，但现在发现城里做木工的人不多。我爷爷原来就是做这门手艺的，我知道这门手艺的传承者越来越少，我不愿看着老一辈木匠的手艺后继无人，打算好好学这门手艺。”

他说话的时候语气很平缓，没有任何动人的说辞跟语气，可我偏偏在那微澜的语调里听出了一种莫名的震撼。

这个人跟我身边那些富二代不一样。

因为这一碗面的关系，我跟他逐渐熟悉起来，他也没有先前那么沉默了，甚至偶尔会被我逗笑。工作到了后期，只剩一些琐碎的杂事，老师傅已经不来了，都交给他处理。

说不清为什么，我待在家里的时间越来越多了。

每当我在书房工作的时候，他便会把门关得很牢，然后压低声音工作。这时候，我就会过去把门打开，他朝我笑，我也冲他笑一笑。

我喜欢这种沉默的默契，我希望这一刻能到永远。

两个月后的一个中午，他打完了最后一个书柜，细心地帮我刷上我最爱的米黄色油漆。

“快结束了吗？”我站在他身后，依依不舍道。

他一直没回头，半跪在地上很小心地刷上最后一道漆。

我有些失望，想出去避避。我不喜欢面对离别，更何况我对他还有一种似有若无的情意。

“我出去买点儿东西，你一会儿走的时候自己关门，工钱在桌上……”说完我转身离开，在转身的那瞬间，注意到他手上握着一个奇怪的小东西。

“我……我师傅又接了一单生意，后天我就要去北京了，这个，送给你……”他伸手将一枚挂坠递过来，“那个，你要不要验收一下，有什么不满意的，我这两天还可以帮你改改。”

我愣愣地看着那枚印花的挂坠，脑袋里一片空白。

“这是什么？”我握着那枚挂坠问。

他低头，唇角漾起一抹笑：“我们老家有个风俗，送人灯泡能给人带来光明。这是我用多余的木具雕的灯泡，我根据你家的装修风格描了彩……”不知想到什么，他有些紧张，“不过，你要是觉得不好看就放着……或扔了，我……”

我没给他说下去的机会，踮起脚尖吻了他。

窗外有猫从窗沿上弹跳而过，天上群星点点，狡黠地眨着眼睛。而我看到他的眼中有惊慌失措闪过，然后被长长的睫毛覆盖，像明月被暮色掩埋。

我们也许不会有结局，我们也许很快会分离。但是，一个吻的记忆是一个开始，即便此后我们失散于人海，我们之间也非感叹号，而是一串留人期待的省略号。

哪怕，这省略号会延绵到天空和海底。

叙述者：Roey

【二四】减肥胶囊

原来，胖子不配拥有爱情。

我是一个胖姑娘，从小到大受尽歧视，骨子里蓄满自卑。

在别的姑娘都已经结婚生子的年纪里，我还是单身。毕竟，谁会要一个身高151厘米，体重135斤的姑娘呢？

就在我以为自己会孤独终老的时候，通过相亲我认识了一个男人。他各方面条件都不算太好，身高165厘米，是个电工，无房无车，老家还有一双卧床的父母需要伺候。

我知道自己条件不好，但我不想将就，见面前我就决定，如果这个男的有说一句让我不满的话，我们就不会有见第二面的机会。可是，他偏偏跟我要了电话号码。

也许是我看过的偶像剧太多，在没人真心诚意对我好时，我清高到不可一世，可事实上，现实里的一点点关注跟温暖就足以使我激动到迷失方向了。

我以为我可以恋爱了，即便对方条件不好，我也自动将他美化了好几个层次，总觉得他是落难王子。

他有些抠门儿，出门的时候从来不掏钱，偶尔请我吃饭也是在小巷子里的小店里。

我不好意思问他为什么不送礼物给我，只是含蓄地说：“你为什么不对自己好点儿呢？”

他一边吸着兰州拉面，一边含含糊糊道：“有什么可买的啊，那些东西都是骗人的。”他喝光了最后一口面汤：“对了，你太胖了，我怕我爸妈不同意，要不你减减肥？”

我夹起面的手顿了顿，放下了筷子：“我……试过，但好像没用。”

从小到大，我一直都在减肥，晚饭不吃，油盐不进，每天运动一小时，但那一身肥肉好像就是不肯远离我。我没有办法，后来终究是放弃了。

“吃减肥药啊，我看电视上广告挺不错的，你赶紧吃吃。结婚那天我不想兄弟们笑话我娶了个大胖子。”他口沫横飞地跟我讲着什么，牙上的香菜若隐若现。

我低低叹了口气，因为我体质弱，我爸妈从不允许我吃减肥药这些东西。

但我还是在网上搜了很多相关信息，终于选定了其中一种减肥药，据说副作用小，见效快。我买了五瓶，一天要吃十二颗，吃完之后要不停地往厕所跑，不停地喝水。

那时候，为了效果更好，我还顺带着节食和做运动。

在吃这个药一个月后的某天，我晕倒在跑道上，被随行的人送到医院。医生跟我说，我的胃跟肾损伤严重，要住院一阵好好调养，那些减肥药是一颗都不能再碰了。

为防父母担心，我没有跟他们讲，而是默默地打了他的电话。

他骂骂咧咧地过来的时候，身上的一身灰都没有掸干净，头发乱糟糟的，嘴角还有一颗饭粒。

“你又怎么了啊？”他不耐烦道，看到我瘦了一半的脸时，眼睛一亮，发现新大陆般地凑过来，“哎呀，你瘦了啊，想不到你瘦了还挺漂亮的，看来减肥药有用，继续吃，不要停啊，减到100斤就好啦。”

我低着头：“可是，医生说我吃减肥药把肾跟胃吃坏了，以后不能再吃了。”

他无所谓地挥挥手：“你信这些医生？他们都是骗钱的。你肯定是节食节的，低血糖。”

我的腹中又传来一阵剧痛，这痛使我周围的一切都开始变得安静，唯独他的话不停地在耳边放大。

“你看你再坚持坚持，减成个仙女，然后有房有车，再加上一大堆嫁妆，那就是一白富美啊，我胡江娶了个白富美，村里所有人都得羡慕我……”

呵，原来打的是这主意。

他一开始就从介绍人那里知道我家条件好，后来一见面发现我长得还不错，就是胖，然后就把目光放在了让我减肥上。

我犹记得，这些天来，他每天问我的就是“减了多少斤”“今天吃药了没”或者“你把我们的关系跟你父母说了吗”这种问题。

他从来就没有关心过我的健康，也没问过我难受不难受，更没有想过先把我带回家。

原来，胖子真的不值得拥有爱情。

可是，亲爱的，如果我真的瘦了，还有你什么事呢？

我在医院待了半个多月，这半个月里，他来骂了我无数次，说我浪费钱，说我娇贵，甚至说我又胖了。我不搭理他，他越发得寸进尺。我以前还不知道，这个看起来畏畏缩缩的男人竟然有这样独断专行的一面。

半个月后，我出院了，跟他分手了。

他有些不甘心，不过并没有坚持多久，只是悻悻道:“哼，你这胖子，除了我还会有谁要你？”

说完转身离开。

我没有看他背影，我从头到尾都低着头，看着地上的一只小蜗牛笑了笑，大步往前走。

我会减肥，但不会再吃减肥药。

我会有人要，但不会是垃圾。

叙述者：月半

【二五】赏心亭

哪怕时光早已炎凉，我依旧记得你闪闪发光的样子。

你关注一个人，最长是多久？

一年，两年，三年……还是一辈子？

我爱朝歌，整整十六年。

朝歌是我初中同学，认识他的那一年，我刚 14 岁。

哪怕现在的我已踏入 30 岁，已面目沧桑，我依旧不能忘记他踩着光影出现在我面前的那一幕。

那一天，阳光正好，空中带着微风，窗外有竹影摇动。他带着一脸的青紫，踏入了我的视线。

朝歌是个穷小子，身上的衣服总是破破烂烂的，据说他的父亲还有家暴倾向，总是打他妈妈，而他为了保护妈妈总是挨爸爸的打。

入学第一天，他的脸上和身上就是伤痕累累的。

他被老师安排在我前面，那会儿他并不高，甚至比我还矮一点儿。

我对他特别好奇，便绞尽脑汁逗他。

一开始，他并不理睬我，但在我夜以继日地有心接近之下，他还是逐渐对我打开了心扉。

我有题目不会做就去找他，他从早先的写答案给我到后来的写解题过程给我，再到最后手把手教我。

我们渐渐熟了起来，我便有更多的机会接近一个全面的他。

他出生在一个贫困的家庭，爸爸常年酗酒，妈妈以做鸡蛋煎饼维持生计，爷爷奶奶除了一大笔债务什么都没给他们留下。

一个贫困的农村孩子即便一无所有也会乐观无忧，因为没有对比。但是，一个贫困的城市孩子却有可能敏感自卑到无以复加的地步，因为周围全是歧视的目光。

小孩子的世界一点儿都不单纯，有色眼镜是一种极其正常的现象。

朝歌的初中过得不好，同学们不会因为他成绩好而高看他一眼。相反，那个最会玩的差生却可以凭借良好的家境混得风生水起，高中去贵族学校，大学去国外的常青藤，只要父母舍得砸钱。

朝歌跟我上的同一所高中，金陵中学。

念了高中之后，我俩不在一个班，我们也因为距离越来越生疏。有时候在路上遇见，他除了跟我点点头，话都没有一句。

朝歌依旧落魄，穿着一身旧衣服，很多年不见换一套。

他明明是帅气的少年，却因为贫穷，被包裹在了破烂的青春里，永远暗无天日。

年少的爱恋大多是淡的，但我对他的关注却成了血液里的一种习惯，永远不曾淡去分毫。我也不知道这种关注叫不叫爱，但我忘不掉那个眼中含着雾气，脸上又带着春风的少年。

我想，他如果出生在一个正常的家庭，得是多么耀眼。

高二的时候，全校的学生都在准备高考，唯独他，整日游荡在校园里的小湖边，不知道在想些什么。很多次我都想走过去，像年少时一样靠近他，但我不能，因为我有我的路要走。

从小，我便知道，所有的爱和欲望都要忍，因为你不知道明天会怎样，拥有自己人生的选择权是最重要的，为了不确定的人放弃专注的努力无异于一种玩火自焚。

本着这种功利的思想，我的成绩越来越好，很快就跃居全校前三。

至于他，百强榜上再也没见过他的名字了。

高三时，无论好学生还是坏学生都铆足了劲往前冲，我们无暇顾及其他，除了黑板上的倒计时，一切都是浮云。就在这时，校园里有了他的传闻。

传说，三班的柳朝歌因为将父亲殴打入院退学了，还有传言说柳朝歌的父亲将他告了。

不过，这个消息很快淹没在高考的题海中，如入海的石头，再也不见声响了。

我内心的波澜久久未消，关于他的一切在我的脑海中悉数被揭开，那些鲜活的过往如潮水般翻滚，在我的脑海里重见天日。

我想起了他腼腆的脸，想起了他害羞的笑，想起了他拿到满分卷子时意气风发的表情。

他原本是多么优秀的一个他啊。可是，他的人生却被毁了。

很多年以后，我都没有忘掉这个男孩，哪怕他早已消失在人海中。

我想，除了年少时那炽热的爱，还有一种对于他的惋惜吧。

28 岁那年，我从国外回来，应聘到新街口的一家单位。

有一天，我去水西门办理社保，路过水西门桥，看到了一个在桥下修车的年轻人。

他有一张黝黑的脸，我记得那脸原本是白若晚月的；他有一张微躬的肩，我记得那肩原本是挺直似松的；他有一双粗糙的手，我记得那手原本是细腻如脂的。

岁月忽已晚，何曾怜世人。

那一刻，我好像踩着眼前秦淮河的水波，回到了那个初夏。

在那个晚饭花开的季节里，他眨着一双亮晶晶的眼问我：“你为什么接近我？”

我说：“因为我喜欢你啊……”

原来，我的梦已经过去了十六年。

一个短头发、同样黝黑的女人走了出来，她温柔地躬下身，替修车的他擦了擦鬓角。

他抬头，温柔地朝她笑。

我不忍再看，回头盯着秦淮河边的赏心亭，一看就看了很久很久。

从此，我每天都会从这条路走过，我记载着赏心亭的日与月，铭记着他的喜与乐，也念着我的朝与暮。

叙述者：十八的风月

【二六】游园卡

世界上最糟糕的事情之一，

是你不能跟喜欢的人说一句：我喜欢你，

因为你连说这话的资格都没有。

我的单位在莫愁湖边上，我租的房子也在莫愁湖边上，只不过，一个在东边一个在西边，中间隔了整个莫愁湖。

从住的地方绕道到单位需要半小时，我时常赶不及，便准备办一张能直接穿过湖的年卡。

年卡 47 元一张，玩一次 27 元，倒也划算。

我在网站上浏览的时候，看到一个 ID 叫“荷花里的狗”的人在卖电子游园年卡，一张只需要 80 元就可以将南京所有的景点玩个遍。

对于一个穷困潦倒但依然想四处游玩的人来说，这张卡显然比莫愁湖年卡更实用。

我联系上了他，并跟他约定见面地点。他跟我住在一个小区，就在荷花里。

在一个黄昏，我见到了他。

那是一个有些黝黑、个子不高的男孩，但男子气很重，没有一丝羸弱感。

不知为什么，看到他的第一眼，我就产生了信任感。

“你是洛久？”他背着夕阳朝我笑，一双浅浅的小梨窝将他的男子气替换成了少年气。

我点点头，脸颊被余威未消的夕阳蒸腾得有些热。

他笑眯眯地将年卡递给我：“看你这么可爱，就直接送你吧，不要钱了。”

我惊讶地睁眼看他，他挠挠头：“我不好意思要女孩子的钱，之前都不知道你是女孩子。”

我抿唇笑着，坦然地收下卡："那我请你吃饭吧。"

我们约在南审外的和风食堂，我点了两份照烧鸡排饭。

他坐在我对面："这不一样吗？还是让你破费啊。"

"既然你觉得不好意思，以后可以陪我一起上班啊。"我夹了块鸡肉塞在嘴里，生怕他看出我的心虚。

我知道他的单位正好在我单位的对面，遂起了这坏心思。

他倒没有乱想："为什么啊？"

"因为……我总在莫愁湖看到变态。"这事倒是真的，那里有个老头总跟我要电话号码，我没给他，他后来还总跟着我。

"哦，那好啊。"他随口答应。

从此之后，我们便时常一起上下班。

我跟他认识的第一天是春初，后来，我们一起见证了莫愁湖边的垂柳依依，一起观赏过莫愁湖里的荷花点点，也一起寻找过落叶下的莫愁女跟冬雪里的红花艳。

我们还一起走过南京的很多景点，有临江屏立的栖霞寺，有风雨沧桑的明城墙，有茅山南麓的中山陵，还有旧时王谢的乌衣巷……

一年的 365 天，我几乎天天见到他。我以为，他会在时光的蒸腾中慢慢喜欢上我。

年底的时候，我准备回老家过年，走之前，我鼓起勇气去他租的房子里找他。

那是我第一次去他的家。

我拿着那张年卡和一本日记本，敲响了他的门。

这本日记里是关于他的点点滴滴，有我们在一起的每一个风雨晚晴天。我想把它给他看，让他知道我的心意。

开门的，是一个姑娘。

“你找谁？”她有些诧异地盯着我。

我一愣，完全没有任何准备。

“我……找周开成。”大脑未经思考便结结巴巴地说出了这句话。

姑娘笑了，眼睛眯成两瓣月亮：“周开成，有美女找。”

周开成“哎”了两声赶紧出来。他正在洗头，头上的水还没干，滴滴答答地往脖颈里淌，到门口的时候他一边捂着毛巾一边冷得直叫唤。

姑娘笑着逗他，将手往他脖颈里塞，他左躲右闪，笑得直求饶。

我愣了。

我从来没有见过这样的他，如此调皮，如此搞怪，如此……天真。跟我在一起时的他总是蹙着眉，一副心事重重的模样，除了最早的那个笑，从不曾泄露半分少年的模样。

原来，他只不过是没有遇到让他开心的人。

他们兀自玩了一会儿，才想到我。

“对了，洛久，什么事啊？”他的表情又恢复了先前稳重的模样。

我将握着笔记本的手往后缩了缩：“哦，我想着还是要把年卡的钱给你，毕竟无功不受禄……”我急急忙忙地掏钱，被姑娘制止了。

“哎呀，不用啦，他都跟我交代过了，说你一个小姑娘在外面不容易，不用给钱不用给钱，大不了我少让他买礼物给我，嘿嘿……”

女孩子笑着点了下他的额头。

他挠挠头笑开，梨窝若隐若现。

我喉间有一些酸，原来，他待我从来坦荡，我连备胎都算不上。

我也曾卑劣地想，他如果不是个好人，至少能给我留些念想，可哪有那么多如果。

后来，我再也没有借故找过他了，辗转听说他和女友是高中同学，她妈妈一直不同意他们在一起，所以他才老是一副心事重重的模样。

而后女孩也勇敢地摆脱家人束缚，来到南京陪伴他，他的生活才重新明亮起来。

我始终是他生命中的过客，只能在心里默默为他送上祝福。

那张游园卡一直放在我抽屉的最里层，被我小心翼翼地珍藏，它是我生命中一段恩赐的见证。

叙述者：洛久

【二七】袜子

没有人会喜欢孤独，只是比起忽冷忽热，孤独让人感到踏实。

大三那年，我在隔壁学校找了一个男朋友。他长得不错，学习不错，他不像其他男同学那样整日游戏不离手，相反，他很用功，人也很踏实。

谈不上对他多么心动，但他却是最好的男友人选。

我是个非常屈从于现实温暖的人，绝不会产生过多不切实际的幻想，既然恋爱了，就不会再去管别的人，将所有的耐心跟心思都花在了他的身上。

渐渐地，我退了社团，因为他不喜欢我跟别的男孩子在一起，但他依旧留在社团，因为他说男孩子要有交际。社团总要开会，这时，我便在图书馆等他。他每次说三点来总要耗到五点，每次说五点来总要耗到七点，那多余的两小时对我来说是煎熬，我怕他烦，便独自等待，从不打扰他。

多年之后，我再次回想起这段恋情，我才看清，更多的都是我在付出，他不仅从未迁就我半分，甚至连感谢都不曾说过。但是，那时候陷在这段感情里的自己从未意识到，我的付出养成了别人不知感恩的性格。这些苦，的确是我自己造成的。

他家境不是太好，我便使劲想办法说服父母同意我们在一起。

我以为我什么都不计较地跟他在一起，他最起码会感动，会珍惜我。

哪里知道，毕业之后谈论到结婚这个话题的时候他居然发火了。

他说："结什么婚？没房子怎么结婚？"

我有些惊愕："你家买不起房，难道你要等到自己买吗？就算等到 30 岁，你也不会买得起啊。"

我说的是实话，他家里一分钱恐怕都不能支持他，而他的工作又很普通，上升空间有限。如果真的要等到他攒够买房的钱，那最起码要耗上十多年。

"一定要买房。"他斩钉截铁道。

“可是，我等不了。”我撒娇，“我们裸婚，一起奋斗不好吗？”

那么多女孩逼得男孩倾家荡产把她娶进门，我以为我说了一句“裸婚”，他至少会感动。哪里知道，他冷笑一声：“裸婚？孩子怎么办？房子升值买不了了怎么办？你能不能别这么幼稚了？要不这样，你爸妈付首付，我们还贷款怎么样？”

我搂着他的手渐渐僵硬。

为了结婚的事，我和父母一度闹得很僵，父母怎么可能答应？

但后来，我爸妈还是知道了我的难处，天下父母都执拗不过儿女，他们看我难以开口，便主动提出来付首付，但有个要求，就是得写张借条给他们。

我很能理解我爸妈，也很乐意这样做，便乐呵呵地将我爸妈的话跟他说了。

我以为他会很开心，哪里知道，他竟然很生气。

他的原话是——既然不相信我，结什么婚？

任我如何跟他解释，他也听不下去，只一味地说我家人物质。

可笑如我，只知一味解释，甚至将自己的一颗心剖给他看。

但导致我们分手的不是房子，压死骆驼的最后一根稻草是一双袜子。

还记得那是一个寒雪纷飞的冬天，我踏着大雪去他公司给他送伞，中途转了两趟地铁跟一辆公车，最后还走了一千多米，到达他公司的时候，我的一双脚都失去了知觉。

我在他公司的食堂里等了他很久，他终于忙完工作来找我。

我脱下鞋子，才发现鞋子全湿了，一双脚冻得又红又肿。

我半撒娇地把脚伸给他："你给我捂捂嘛，你看，都冻成这样了。"

他的表情有些心不在焉，待看到我伸过去的脚时，难堪地四处看了看："这里有人看到会笑话我们的。"

我的视线定格在伸在半空的脚上，在阴暗的光线下，它呈现着一种紫红的色泽，狰狞而难看。

这是我的脚吗?

我记得，从前它干净白皙，现在怎么会变成这样了呢?

可能是无心忽视，也可能是不想再理我，他接起电话匆忙地走了出去。

我等他等到八点，发了好几条消息，他一条都没回，甚至打过去的电话也不接。

窗外大雪纷飞，也逐渐冰封了我的心。

我重新穿上袜子，一深一浅地踩在雪地里，离去。

回去后，我将他的联系方式删除。

从此以后，我们再也没见过。

往后的很多年，我一直单身，倒不是对他旧情未了。

只是我想清楚了，对于这段感情的不舍不是因为他，更多的是因为我对自己初入爱河的怀念跟青春的记忆。我没有谈恋爱，只是因为我没遇见一个真心对我的人。

如有幸被爱，我定无谓山海。

叙述者：一颗寒天

【二八】银杏树

你说喜欢我，其实你值得拥有更好的人。

我是一位单亲妈妈，两年前因为性格不合跟前夫离了婚，独自抚养着5岁的女儿。

我结婚生子早，岁数其实不大，26岁，看起来也挺年轻的。如此，被人追求的次数也不少。

可惜的是，那些追求者得知我有一个女儿之后都离开了。

我曾经一度做好单身到老的准备，不过是一个人而已，有什么可怕的？等我老了，就帮我女儿带孩子，或者去养老院颐养天年，那里老人多，想来我不会太寂寞。

至于爱情，离我太遥远。

这么打算着，我倒是渐渐想开了。

某一天，一个人闯入了我的生活，我的打算，全乱了。

那是初秋的一天，女儿的幼儿园搞活动，要穿军装去国防园登城墙。我拎着大包小包，去了国防园。哪知去得太早，老师还没过来，我便带着女儿到处拍照。

她比较调皮，总是乱跑，我一边背着东西一边给她拍照，狼狈不堪。

“小姐，我来帮你吧。”一个背着相机的男孩走到我身边，提议道。

“不用不用，谢谢啦。”我不好意思麻烦别人，赶紧拒绝。

就在这时，小丫头摔了个狗吃屎。她摔蒙了，嘴角沾了几根草，好久才反应过来，“哇”地哭了。

我赶紧去扶她。

突然在这时，那个男孩一只手越过我，扶起我女儿，并细细地给她擦眼泪，温柔道：“乖哦，哭就不美了，叔叔给你拍照。”

女儿睁大眼睛："是哥哥。"

她搂着他的脖子不肯放，我站在草坪上看着他们玩闹的身影映着银杏叶黄，有些恍惚。

老师跟同学陆陆续续地来了，口哨声催促着我们集合，我只好让女儿赶紧过去。女儿不肯，非要跟他玩，他便笑着给了我联系方式，说想他直接让妈妈发信息给他，女儿这才肯放他走。

我以为，这只是一句脱身的客套话，便加了他微信，他也只会是我通信录里永远不会有联系的陌生人。

女儿有时候问那个哥哥有没有联系她，我会摇摇头，然后去翻他朋友圈。从他不多的朋友圈里，我知道他是个很有趣的男孩，25 岁，一位美术老师。

我偶尔看着他的头像发呆，25 岁，只比我小 1 岁呢，如果不是女儿，或许……天哪，我到底在想什么。我是一位单亲妈妈，为什么还会这样不切实际？那些中年男人都看不上我，我又怎么可以去肖想这种小男生？

哪知就在我赶紧甩开这些危险的想法，过着平静的日子的某一天，他居然主动找上了我。

他问我要不要让丽丽（我女儿）去参加一个电视台的比赛，他手上正好有一个名额。我有些犹豫。丽丽是个很有艺术天赋的姑娘，但由于单亲家庭的缘故，怯场又内向，我怕她发挥不好，会拖人家后腿。他好像知道我的顾虑，说正因如此才要让丽丽多接触社会，丽丽其实是个很活泼的小孩儿。我考虑了几天，便同意了。

那次比赛，他是丽丽的指导老师。

有了他的悉心指导，丽丽表现得特别好，得了第一名，获得了参加少儿频道主持人比赛的机会。

从此，他便成了丽丽的专业辅导老师，我可以正大光明地和他联系了。

我知道我的心里有个潘多拉的魔盒，而我控制不住地想要去打开它。

参加比赛前夕，丽丽感冒了，没去参加培训。他打电话过来的时候，我正一个人背着大包小包，抱着发烧的丽丽在医院排队。

“什么，你一个人？”他有些吃惊，“你一个女孩子……你怎么不叫我？稍等，我就来……”

不待我说完，他便挂断了。

我愣了好一会儿，女孩子？

他很快赶来，帮丽丽忙前忙后，丽丽半夜醒来的时候看到床边的他，叫了声“爸爸”。

他一张年轻的脸呆滞了一下，突然就笑了，笑着笑着看了我一眼，脸上好像染了四月的春。

他在丽丽的病房外，跟我表白了：“让我照顾你们吧。其实那天在国防园，我就注意到你了……我听到丽丽说她不想参加这种活动，别的小孩儿都有爸爸，而她没有。”他认真地看着我，不顾身边的人来人往，好像我是他眼中、心中的唯一，“所以，我才接近你……”

我看着他，有点儿不敢相信，我心里最奢侈的梦居然就这么成真了。

我知道不论如何我都该拒绝他，但是，当那样一张脸那么认真地看着我的时候，我是真的拒绝不了。

我想，即便不能天长地久，能够曾经拥有，我也算是无憾了吧。

不然，在余生的岁月里，我不知道自己会如何后悔。

接下来的日子，是我这一生中最开心的时光。我们一起做饭，一起跟丽丽做手工，更是一起踏遍无数个金陵的落叶深秋。我一度忘了我初时的担忧，以为我们就会这样过一辈子。

在一个月光洒满床头的夜晚，我们在一起了。我一直不知道，真正的灵与肉的融合是这样的。我对前夫，原来只是青春无知的错觉迷茫，我对他，才是真正刻骨铭心的爱。

你爱一个人，抱着他是会战栗的。

你不爱一个人，抱着他才会害怕，才会有一切生理上的迟疑。

如果可以，我多想一辈子就跟他这么过下去，不管不顾，我只要他，哪怕他往后会怨我。

可是，我到底没有那么自私。

他妈妈不知怎么知道了我，打听到我家的地址，先骂我，又哭着跪在我面前。

她说："我求求你别害了他，有个女孩特别喜欢他，那姑娘说可以帮他去美国办画展。画画是他一辈子的梦想，你能帮他什么？跟他一起挨饿吗？带着你女儿？姑娘，你年纪还小，有大好的前途，求你别耗在我儿子身上。"

每个人的喜怒哀乐都不一样，每个人都在拼命维持着攀登的姿势。众生皆苦，我又为什么要为了一己私利，去干那么不顾后果的事情？

纵使我不离开他，在柴米油盐中消耗了曾经的激情，不能给予他什么的我能确定他不会怪我吗？

如此，便罢了吧。

丽丽上一年级，正好在南京找不到好学校，我便带着她回了父母的老家。走之前，我留了一样东西在我们初识的那株银杏下。

我发了一条信息给他，然后就将他彻底删了。他不知道我在哪里，也不会再找到我。唯一能留给他的记忆，是银杏树下的那一幅画。

那时候，我们还没在一起，他教我画画。

我偷偷画了一幅他的模样。

叙述者：许诺

【二九】玫瑰月饼

年轻的时候，梦想在远方。在远方的时候，梦想全是你。

我们老家有一个传说：中秋夜的时候，两个相爱的人一定要在一起，否则便会失散在人海。

现代人很少有知道这个传说的，我还是听奶奶跟我说才知道的。

年幼时，奶奶总是坐在破旧的藤椅上，给我讲各种恐怖的故事。每当我吓得“哇哇”叫时，冬梦就会一把把我搂在怀里，温柔地拍着我的肩膀，跟我说“别怕”。

冬梦是我的邻居，比我大2岁，长得没有我喜欢的那个小男生好看，却特别温暖。

我从小学到高中都跟冬梦在一起念书，他眼睁睁地看着六年级的我开始追那个小男孩，眼睁睁看着我尿床到8岁，也眼睁睁地看着我来例假，然后咋咋呼呼地把我抱到医院去。

我小时候好像从来没想过以后会喜欢他，只是觉得他那两条蜡笔小新一样的眉毛很搞笑，总是拉着他的眉毛开他玩笑。他也不恼，就那么笑眯眯地看着我，暖暖的鼻息喷在我的唇上，我有时会莫名觉得脸颊灼热。

知道自己喜欢他是在初三的一天。

那天，他没有等我，而是送了我们班的班花回家。我眼睁睁地看着他们从我面前走过，回去的时候，他还骗我说是跟男孩子一起去打篮球了。

我到现在都记得那天的风声。

那天的风很大，呼啸过耳，刮得路边的柳枝飞扬，沙尘漫天。

“你是不是喜欢柳月菱，你说！”我把他拦在家门口，吼道。

他背着包，被我的反应吓到了：“小晨，你怎么了？”

我一愣，对啊，我这是怎么了？我怎么会反应这么剧烈？一看到他跟柳月菱走开的背影就气血攻心，连呼吸都不顺畅了。

之前喜欢的那个小男生跟别的女孩牵手的时候我都没有这种感觉，顶多是恨恨地踢着脚下的石子，然后发誓再也不喜欢他了。

难道……我真正喜欢的，是秦冬梦？

就在这时，一阵风刮过，一块石头朝我袭来。我站定在原地，看着那块石头远远地朝我飞来的场景发呆。一道迅疾的身影猛地朝我扑来，我还没反应过来他便搂着我倒在了地上。

那块石头从他的头顶硬生生地擦过去了，然后将身后人家的玻璃窗砸了个大窟窿，最后打了几个滚，落到了我旁边。

我目光呆滞地从石头上移到护着我的那个人身上，跟一双乌黑的眼睛四目相对了。

我好像从来没靠他那么近过，即便以前他总是把我搂在怀里，我也不曾有这种心灵相依的感觉。我甚至，能听到彼此剧烈的心跳声。

我还没反应过来，他便在我脸上落下了一个吻："傻丫头，你是吃醋啦，你不知道吗？我从小就只喜欢你一个啊。"

一瞬间，风声、雨声、心跳声……全不见了，我的耳边只有他的这句话，声音无限放大，宛若地震天摇般敲击着我的心房。

之后，我们就在一起了。我们一起看过天边的半山月，一起走过湖上的云扇桥，更一起度过了每一个中秋月圆。

很多年之后，我回想起这段时间都还在感慨：如果故事到这里结束，那该有多好。

可是啊，王子与公主从此幸福地生活在一起只是一个完美的童话，童话的背后，是活生生的现实跟赤裸裸的无奈。

秦冬梦的父母因为业务关系调到了加拿大，而秦冬梦，也被迫跟着移民了。

他走的那天，我哭了很长时间，他来找我的时候，我正躲在柜子里哭。

“小晨，你出来，再让我见见你好不好？”他跪在柜子前，声音也哽咽了。

我不理他，兀自哭个不停。

他便一直没再说话，安静到宛若世界都了无一人。

我以为他走了，慢慢推开柜子准备出来，哪知他一把抱住了我，死死不放开。

“小晨，你别挣扎，再让我抱抱你好不好？”他的眼泪落了我一脸，痒痒的，凉凉的，像极了他陪我看过的无数个中秋月辉。

我们以后，还会有团圆的机会吗？

这句话，我没问出口。

后来，他便真的走了。他没让我等他，没跟我说任何承诺，只是每天都会发邮件过来，每个月都会送礼物过来。

我想，我们到底是太年轻，未来有太多的不确定，如何说下天崩地裂的诺言，又如何在时光的盾剑中使它鲜活依旧？如果不能保证，不如不说。

我知道，秦冬梦也是这么想的。

他走之后，我一个人走遍了春花秋月，一个人赏遍了冬雪夏荷，我拂过山谷的风，我也踏过青石街上的落叶。只是，我再也不敢去见他，我怕我一见他就不舍得回来。

大学的时候，秦冬梦的邮件越来越少，而我也再没回过他。

因为那一年，我爸爸生了重病，去世了，家里因为医药费欠下巨款，我只能日日打工还债。我打工的咖啡店有一位年轻的老板，老板的名字叫落晨曦。

落晨曦非常非常好，他得知我家中情况的时候，拿出了一大笔钱，让我先把债还了。拿着这笔钱，我有些忐忑，我用他的钱还债，那我又该如何还他呢？

他好像知道我的想法似的，“你给我打工一辈子啊。”他说。

他叫落晨曦，是落在我身上的阳光，可以温暖我的每一个清晨，可以熨帖我的每一处心伤；而你叫秦冬梦，是寒冬里的一个梦，是我遥不可及的过往。我该等梦到何时，梦该如何成现实……我想，可能性很小很小吧。

我答应落晨曦之后的每一个中秋夜都跟他一起度过，落晨曦做了一大桌好吃的陪我在阳台赏月。

我看着月，想起了昨天一个没有署名的人给我寄的中秋礼，那是一盒月饼。

里面有一张纸条，写着："我想亲手送你玫瑰，又想亲手喂你月饼，如此，便只能做个玫瑰月饼。我手笨，学了好久，一直没敢跟你说。小晨，等急了没？我就快回来了……"

那一刻，我抬头看夜空。

天上，没有月。

叙述者：小晨

【三〇】青虾

余生好长，你好难忘。

国庆的时候，我难得回家，假期还没结束就感觉被养圆了好几圈，因此准备趁上班前出去晃晃。

我家在江北的一座小城，贫困安然，很有生活气。年少时，我最爱在家旁边的小镇子上走走，看看琳琅满目的小商品跟熙熙攘攘的居民，远处有农田轻烟和着夕阳，有一番城市没有的韵味。

今日，我又在马路上瞎转悠，突然就看到一排卖小吃的。掏了掏口袋，嗯，有钱，遂赶紧奔向小吃摊。

别说，家乡的小吃不像南京花样百出的连锁餐饮，皆是自制的农家味道。香酥鸡、糍粑、油端子……不出一会儿，我便吃撑了。

“苗苗？”一道清朗的声音穿透人群的嘈杂，宛若刺破时空的一道光，朝我照来。

脑海里出现了一张秀气的脸，那张脸的主人拿着作业本，站在我面前，抿唇朝我笑开：“苗苗，你怎么又不交作业啊？”

彼时，他的身后有巨大的雪松林立，雪松的针尖反射着时光的微黄，映成我记忆中永不褪色的老照片。

我初中时喜欢过一个人，那个人叫蓝雪松，蓝天下盖满雪的青松。他长得特别像《快乐星球》里的丁凯乐，因为好奇，我便总是瞧他，瞧着瞧着就喜欢了。

他长得好看，成绩好，喜欢他的小女孩有很多，其中一个是我们班也是我们学校最好看的女孩子。那个女孩子总是把我当劲敌，样样喜欢和我比。她不仅长得好看，成绩也很好。那时候的我，除了靠着小聪明得了点好成绩以外，一无是处。所以，我在她面前挺自卑的。

后来，当我意识到我喜欢他的时候，班上疯狂流传着他跟班花在一起的消息。我是个敏感且清高的人，便是心里再痛苦，得知这个消息也不会再跟他有任何牵扯了。就这样，我顺利初中毕业、高中毕业，又大学毕业。在时光的流逝中，我早已忘了那年求而不得的痛苦，也忘了埋头苦学的寂寞。这个人，彻底成了我少年时期的一个符号。

现在，他居然又出现了。

“你体验生活啊？”我乐呵呵地看着他的烤面筋摊问道。

他给我搬凳子的手顿了顿，脸上的笑容沾染了些许苦涩，良久，他摇摇头，把凳子放好，又用袖口给我擦了擦凳面。

我看着他油渍满满的衣衫，心下了然，不觉咽下胸腔中莫名涌起的一抹苦涩，低头玩起了手指。

他笑着递给我一串面筋：“你这个小动作居然保持到现在。”

面筋很好看，金黄饱满，上面撒了浓浓的芝麻跟甜酱，一口下去恨不得连舌头都咬掉。

“你呢，还是少年气十足啊。”我抹了下唇角，嘟囔道。

他摇摇头，含笑低头，细细地制作一根面筋，然后小心地包好，给顾客送去。

顾客是个小姑娘，含羞地接过面筋，然后一脸警惕地瞥了我一眼。

转身走的时候许是心不在焉，一不小心碰到了人。

我坏笑着看着蓝雪松：“你的桃花倒是一直很多啊。”

他没说话，眉眼中有白雪落青瓦之绝尘。

这次短暂的相聚以我妈拎着一袋虾走过来结束了。

回去的路上，我妈有些奇怪：“你怎么认识那个小伙子的啊？”

“他是我初中同学。”我道。

“怎么没听你说过？”我妈道，我没回答，我妈又开始碎碎念，“这小伙子，可惜了……”

我高中就考去了南京排名前三的高中，所以，之后的事情我都不知道了。听我妈一说，这才还原他之后的一段人生历程。

校花一直在追他，他从来没有答应过。校花心高气傲，使了各种手段都没有结果之后想了一个歪招。

她告诉他，自己被一个江湖混混儿追，江湖混混儿还开好了房，让她过去，否则就打断她的腿。蓝雪松即便不喜欢她，到底也是有一份同学情在的，便答应陪她一起去，假意说她是他女朋友。

哪知，一去旅馆，校花就扑上来吻他。他推开她，发现有一个小混混儿躲在门后拍了照。校花威胁他，说如果他不答应同她在一起就把照片给校长，记他大过，他依旧没有同意。

校花气极了，把照片交给了学校，编造了各种谣言，说他强迫她，还说她为他堕过胎。可怕的是，她竟然真的拿出一份堕胎证明。

彼时，他百口莫辩。

校花认识的那个小混混儿在当地有些权势，各种捏造谣言，胁迫学校开除了蓝雪松。混混儿喜欢校花，为了帮她出气还打断了他的一条腿。

至此，蓝雪松的一辈子就全部被毁了。

从集市到家，不过几千米，不过二十分钟的路程，他的一段故事不过是我妈嘴里短短的几句感叹。

人生，到底该怎样才能不被伤害呢？

为什么，善良的人会没有好结果呢？

我突然想起了班花在很久很久以后发给我的一句话，她说："我得不到的，你也别想得到。"

我当时觉得有些莫名，现在，我懂了。

"据说那个女孩子是在醉酒之后说出这些事情的，还说这男孩子的心上人是她的劲敌，两个人都别想有好结果，哎，现在的孩子怎么这么恶毒啊……"我妈放下青虾，感叹道，"这男孩子一家都等着他出人头地呢，现在他毁了，他家全毁了。他爸常年卧床，他妈靠捡破烂为生，他就卖点儿烤面筋，然后给他爸治病。有时候，买菜的阿姨大爷会给他点儿菜，苦啊……"我妈摇摇头。

妈妈边说边将硕大的青虾往外倒，青虾又大又新鲜，在我眼前模糊成了一道青色的幻影。

我想起了我离开的那个夏天，他穿着校服站在那棵巨大的雪松下，头埋得低低的。

他说："你走了，别忘了我……们啊。"

原来，时光一下就过了这么多年。

"哎，你干吗呢？"我妈看我拿起青虾问道。

"送朋友。"我朝我妈回了声，然后就出门了。

过去的时候，天已经将黑了。小城市的夜来得特别快，集市里的人烟以目之可及的速度变少。

蓝雪松正在收拾摊位，看到我来了，他抬起身，眼中的月色被笑弯的烟掩盖了清辉："你怎么又来啦？"

"我妈非逼着我吃，我就偷出来给你啦，我太胖了，扔了又浪费，嘿嘿。"我本来有一肚子的话想说，到头来却只能装傻。

他有些局促，连连推脱。我直接放在他摊位上就跑了，他叫了我两声，那道清朗的声音就消散在夜色朦胧中了。

第二天我睡到日上三竿，整理好东西准备回南京，走到厨房拿早饭的时候看到水池里放着的青虾。那偌大的虾在水池里蹦着，溅起清凉的水花，很是活力四射。

“哦，这是你那同学送来的，他说你难得回来，怕是南京没有这些，让你自己吃了好好补补。他还蛮细心的，这虾被他养了一夜倒是更活泼了。”我妈看到我盯着虾发呆，将事情的前因后果告诉我，然后继续说，“哎，我怎么越看这男孩子越觉得他像你小时候画的那些画啊。”

我妈用围兜擦了擦手，然后从我床底掏出一个盒子，盒子里放了一大叠纸，纸上密密麻麻的皆是他。

走了那么多路，想了那么多年，到底还是被时光擦干了思念。我多想我从未离开过，如此，便可不必因为伤怀和同情而负了曾经。

叙述者：蒋苗苗

【三一】清凉油

也许将来你会遇到很多很多人，成熟的、富有的，

但你永远不会忘记那个害羞的、勇敢的少年。

韩星辰是典型的别人家的孩子，在出事之前，他的名字总是像魔咒一样出现在我的耳边，不是老师念叨，就是父母念叨，再就是邻居念叨，我一听到他的名字脑袋就大。

他住在我家对街，与我家隔得不远，我们在上学时总是会碰到。

韩星辰其实人不错，和善、不爱说话，但挺爱帮助人的，就是太优秀太耀眼，跟他靠得近的人难免会被灼烧到。

我俩从光屁股起就在一起玩儿，他总被我欺负，却在别的小男孩欺负我的时候站在我面前护着我。念书的时候，他成绩很好，再加上性别意识开始变得清晰，我便自动疏远他了。他有时在路上看到我想叫我，见我一脸冷漠的样子便背着包沉默地跟在我后面。

我一度不想跟他讲话，说不出是出于什么心态，至少年少的我说不明白。

高二下学期，韩星辰以全满分的成绩结束了小高考，体育跟模拟测试也样样顶尖，他成了我们学校的传奇。

这一传奇在一个冬天过后结束了。

高三开学，韩星辰请了两周假。同学们都以为他去参加提前的招生考试了，并没有太过在意。我却有些心慌，总觉得有什么事要发生。

晚上回家的时候，我憋了半天，终于忍不住问我妈韩星辰怎么一直没去上学。

我妈叹了口气："你不知道啊？"

我扒饭的动作停了："我知道什么？"

我妈叹了口气："韩星辰之前感冒怎么都不好，他妈带他去半仙那儿治病，给他喝了个什么水，耳朵喝得听不见了……哎，造孽呀，这么好的孩子，都被他妈给害了，要是治不好可怎么整。"

我妈还在说什么，但是我完全听不到了，我脑袋里一直回响着：耳朵听不见了，耳朵听不见了……

那么完美的男生，怎么耳朵就突然听不见了呢？耳朵听不见的他，高考体检要怎么过？他要怎么才能被学校录取呢？

我不敢想，撒腿就往他家跑。

奔跑的时候，我路过很多地方：那个我们一起踩过水的水塘，那个我们一起掏过蜜蜂的墙缝，还有那个我们一起玩过家家的树洞……我还记得，在小巷的拐角处，他曾拦住一个想要揍我的小男生，说："你想要欺负她，打得过我再说。"

那么胆小腼腆的小男孩，站在我面前的背影像极了动画片里的大侠。

后来为什么不理他了呢？也许，是因为他太优秀，而我自卑；也许，是因为有太多女孩喜欢他，而我不配；也许，是因为知道他不可能属于我，所以先识趣地自动离开。

原来，我喜欢他啊。

从他家到我家不过短短两千米，我却像是走过了一个光年的距离，距离长到我将过往的十几年都想了个遍。

我敲门的时候，他们并不在家。

邻居告诉我，韩星辰的妈妈带他去上海治耳朵了。

几个星期后，韩星辰回来了，他的耳朵没治好。

从此，本就沉默的韩星辰再也不说话了。他埋头做题，或托腮看天，静默到好像不存在一样。

听说，他的耳聋程度极重，连助听器都没有效果，只能做人工植入耳蜗。可是，三十几万的手术费对他们的家庭来说根本不现实。

就这样，高考成绩极好的韩星辰彻底跟正常大学没了缘分。

高考结束之后，我考上了某一本大学，我妈请了整条街的人吃饭，其中包括韩星辰。

韩星辰没来，是他妈妈来的。

他妈妈眼圈红红的，给我送了礼之后就走了，走之前我去安慰她，她抹了一把泪：“都怪我，捡什么便宜，当时带他去大城市看就好了……晓琴，他最喜欢你了，你能不能帮阿姨去安慰安慰他？”

他……他最喜欢我？

我以为，这句话是指我们年少时的亲密，倒也没有想太多，就这样在高考结束之后踏进了他的家门。

我记得他的院子，我记得他的葡萄架，我也记得他跟我一起玩闹的时光。

他的一切，我都记得。

“辰哥哥……”我唤了一句，想到他再也听不到了，不禁黯然。

他安静地坐在院子里的石桌前，认真地翻着什么，我走过去一看，发现他居然在学习手语。

他看到我，乌黑的眼睛眨了眨：“晓琴，你来啦，祝贺你，考得那么好。”

我眼眶湿了，他明明考得更好啊。

他手忙脚乱地给我擦眼泪：“别哭，别哭啊……”

他的声音比以前大了些，许是听不到的人都这样，控制不了音量。

我默默低头，擦干了泪，在纸上写道：“辰哥哥，我小时候摔倒了，被蚊子咬了，难受了，你都会帮我涂清凉油，今天我带了一瓶过来，我帮你涂吧，搞不好，你耳朵能再听见呢。”

他看了看我，眼中有许多故事，他却没让它们出世。

他揉揉我鬓角的发，侧过身来：“真好，晓琴又理我了。”

我没忍住，一下哭出声来。当眼泪在脸上肆虐的时候，我不曾掩饰。他听不到，反正他也听不到……我有一下没一下地在他耳边涂清凉油，涂了一遍又一遍。我知道这个没有任何效果，我只想有借口能够靠近他，近一点儿，再近一点儿。

我想起小时候，两家都穷，妈妈又不怎么管我，便只有他天天对我嘘寒问暖，天天照顾我。我中暑了，他给我涂清凉油；我饿了，他做饭给我吃；我生病了，他背着我去医院，然后求医生帮我治病。

那时候，那个小小的身影，就是我的全世界。

人大了，世界大了，从前珍视的东西也会因为一些可笑的借口而丢掉，我就这样在面目全非的成长中，弄丢了他。

后来，他在我念大学之后偷偷离开了那条街，据说是去国外当了摄影师。

他连个告别都不曾给我留下。

想念他的时候，我会将那瓶用了一半的清凉油，轻轻在额头一点，满身清凉落在眉心，那个在葡萄架缝里的初夏，那个从我的生命中一路走来的男孩，那段我沉淀在灵魂里的年少浅爱，便再度朝我涌来。

好像，这些年都不曾离开。

叙述者：段晓琴

【三二】眼镜

愿你经历沧桑，依然还是原来的你。

（一）

初识她的那一天，南京气温已经一路飙升至 41 摄氏度了。我拼命蹬着公共自行车，连呼吸都觉得多余。

路过清凉山的窑洞，我贪婪地汲取那杯水车薪的阴凉。

防晒霜顺着汗流到眼睛里了，一揉，一阵刺疼蔓延开来。没有一丝风的天，临近六点依旧不落的骄阳，这些都让我很烦躁。就在我濒临崩溃的边缘，一阵悠扬的声音传入耳际，我的背上像被突然插上了哆啦 A 梦的竹蜻蜓，灵魂随着竹蜻蜓腾空而起，那副笨重的躯体再与我无关。

“曾梦想仗剑走天涯，看一看世界的繁华，年少的心总有些轻狂，如今你四海为家……”

不同于许巍沧桑的男音，这是一个略带磁性的低沉女音。沙哑中带着风的空灵，响彻夜晚的市中心，听得行人想停下匆忙的步伐，偷片刻的懒。

车顺着高坡往下，骄阳渐沉，树影摇曳，我额间的碎发被晚风吹起，生活中的小小烦躁全都不见了踪影。

原来是十字路口边的行为艺术家。

在这座城市，我见过很多艺术家，有在地面画蒙娜丽莎的老人，有地下通道抱吉他歌唱的流浪青年，戴着黑框眼镜的长发美女，我倒是第一次见。

她身边聚集了一群人，大都在痴痴地听着她的歌，一曲歌毕，她默默地收起行囊，人群里传来一声起哄：“美女，再来一首，我们掏钱。”

她笑道：“抱歉，我只会唱这一首。”她举起手里的牌子，我仔细看去，牌子上是一个戴着眼镜的男人。

“掏钱就不必了，如果大家认识这个男人麻烦告诉他，我在找他。”

“美女，这是你男朋友啊？”人群里又传来一声戏谑。

她笑笑，收起行囊，搭在她单薄的肩上，消失在夜幕下的梧桐林深处。

我有些失望，女版犀利哥，或者，只是个想出名的女孩？

（二）

第二日，我鬼使神差地又骑了辆自行车，到实习单位之后我几乎送了半条命，下班的时候又花了另外半条命骑自行车到清凉门的十字路口。

昨天的女子不在，只有三三两两的行人。我有些失落，昨夜特地下载了许巍的原声，可怎么听都没有那道女声带给我的感觉。

倒不是说许巍唱得不好，只是机器里的声音哪里比得过风为配乐的清唱。

我在原地停了片刻，准备走，一身长裙的女子背着小提琴，手上依旧拿着那个牌子走过来。女子身后跟了几个光头大汉，鬼鬼祟祟的，一瞧就不像什么好人。

我吓出了一身冷汗，飞快地把车骑到她面前，车轮胎画了个圈，在她面前的地上摩擦出一道重重的痕迹。

“快，上车。”说完这话我有些懊恼自己的冲动，我这是在做什么，入魔了不成？

我看着她，以为会被当成神经病，哪里想到她竟然二话不说就跨坐到了我的自行车后座上。嗯，也许是我的眼神很真诚，我这么想着。

她拉着我衣服的手传来一阵温热，不灼人，我浑身像拥有了无穷的力气。然后，我使出吃奶的劲儿蹬自行车踏板，余光瞟到几个大汉反应过来后颠着满脸横肉在我身后追。

那一天的经历可真是难忘，我的生活像平静许久的湖面一般，突然被巨大的陨石砸中，然后酝酿起滔天的海啸，溅起一地的水花。

我记得那天耳边呼呼而过的风，以及，即便风声再大也没能挡得住的我的心跳。

（三）

她掏出十块钱，到路边自助饮料机买了两瓶汽水，递给我一瓶。

我们坐在石头城边的台阶上，脚下滚滚而过的是无数文人骚客的清梦一生，还有为之流连忘返的秦淮湖。秦淮湖并不大，但每当想到这个湖上曾经有载着花魁的花船，夜夜轻歌曼舞不停歇，我就觉得它无比大，大到有那么多的故事可以说。

河面刮来呼呼的风，夜幕初下，风也带了一丝凉意，一口汽水下肚，我打了个寒战。她指着我“咯咯”地笑开了花，近距离看才发现她竟有两个小梨窝，年纪不过二十五六，像路边的向日葵，一身不放弃的精力。

我对这个女子的好奇像秦淮湖的水一样多，但却莫名不想贸然问出口。

她摘下眼镜放在石阶上，揉了揉眼睛：“戴眼镜好累。”

而后，她指着湖那边的万家灯火，惊喜道："哎，你看，那个窗户前有一对男女在拥吻。"

我眯眼看了看，模糊一片，并没有看清。我的眼睛轻度近视，有一百多度，并未戴眼镜。如此说来，她难道并不近视？那她为何要戴着眼镜呢？恍然间，那张戴眼镜男子的画像闯入我的脑海……

月牙从天边慢慢升起的时候，妈妈打电话来催我了，出于私心，我没有接，她听着我的手机流泻出的来电铃声说："我也喜欢迈克尔·杰克逊的这首歌。"

哦，她在说那首 *Heal The World*，我也喜欢，第一次听到真的是惊为天人。

"这首歌，我不用去看歌词，就知道跟夜空有关，因为啊，寂寞的人都有共鸣。"她抱起膝盖，将下巴搭在膝盖上，幽幽地叹了口气。

"后来，我看了歌词，果然没错。"她朝我吐了吐舌头，狡黠得像个小女孩，"我英文不好啦。"

（四）

那晚，我跟她坐了很久，直到我的手机跟催魂咒一样震个不停，我才恋恋不舍地打算跟她分别。

我想了很久，大胆地开口，邀请她去我家住一晚。

她默不作声地把我送到家门口，然后挥挥手，消失在夜幕中。

夜色中的她很快就没了踪影，那头海藻般直达腰际的长发在我眼前晃啊晃的，我的耳边还回响着她银铃般的笑声："放心吧小妹妹，我18岁就出来闯荡了，野惯了……对了，看到这个男的告诉我一声。"

她晃了晃手上的大牌子，牌子上是那个黑框眼镜男的照片，文绉绉的。画像的脸与她的脸交叠在一起，我赫然发现两个眼镜竟然一模一样。

时间一晃就是数月，我无数次想起她，想起她身上被神奇地合二为一的沧桑与青春，以及猜测她到底有没有找到那个男人。

毕业的时候，被那时暗恋的男孩子带去他嘴里所谓的“好玩的地方”，给了自己一个出格的成人礼。那是南京著名的1912酒吧。

第一次进入成年人的世界，我看着红男绿女在舞池里扭动的妖娆身姿，在喧闹下，我醉醺醺地跟着人群晃。

“咳咳，大家安静一下，下面有请我们的女神清渺赠歌一曲，欢迎……”

我醉眼迷离地越过人群，却被沸腾的人群挤到了墙角，低沉沙哑却透着轻灵的歌声响起：“曾梦想仗剑走天涯，看一看世界的繁华……”

我举着一杯血腥玛丽，愣在了人群之外。

是她？

反应过来的时候，歌声已经结束了，我怕她又走，拨开人群拼命往前冲。

不知是谁的一只咸猪手摸了我的腰一把，我吓得大叫一声，舞池里人头林立，没有人注意到我惊恐的声音，一些胳膊上文着文身的大汉不怀好意地看着我，我吓得往前挤，却挤不出去。

我为什么要来这种地方，屈辱混杂着害怕，眼泪禁不住在眼里打转。我拼命叫好友的名字，不停有人碰到我，我缩着身子，头一次被这个世界吓到。

后来是清渺救了我，将我拉出人群，坐在吧台安抚我。

（五）

我终于知道了她的名字，她叫清渺，今年 26 岁。

我也终于问出了那些疑惑，比如她为什么会一个人在外，又比如，她为什么会拿这个男人的照片到处找。

更重要的是，她找到了吗?

清渺笑眯眯地拍了我一把：“哪有那么多为什么。”

她递过来一杯低浓度莫吉托，修长白皙的手上有一条长长的疤，狰狞非常。我低着头，一饮而尽。本该在父母羽翼下挑剔地相亲，或尖酸刻薄地要求男朋友给自己一场什么样的婚礼，到底是什么让她在这样的年纪还在外漂泊，不愿归去呢?

莫吉托最后的青柠味有些重，酸得我眉毛眼睛拧成一团。

她坐在高脚椅上，跟服务员要了一杯高度数的朗姆，男招待递过来的透明液体被她一饮而尽，她眉毛都没皱一下。

“小妹妹，以后不要来这种地方了，来，我送你走。”

她豪放地用手背擦了擦嘴。

我有些犟地不肯挪地方，她被我的举动逗笑了：“你跟谁生闷气呢？”

我气鼓鼓地喝了一口水：“我朋友，把我丢在这儿！”

她一脸戏谑：“男朋友？”

我脸霎时红了，没讲话。

她脸色有些沉，重新坐下：“听姐姐一句劝，这里不是你这种女孩子应该来的地方，你朋友知道也好，不知道也罢，至少你自己要懂得保护自己。”

我气不打一处来：“就会说教，你不也是一个女孩子，还天天不自爱地跟这些人在一起。”

话一出口我就后悔了，她愣了，我也愣了。

我本意并不想伤害她，我只是心疼她，到底有什么无法解决的事，要让她一直追寻，或者一直逃避呢？

（六）

后来，我终于知道原因了。

她离开南京的那天，整条街都充斥着过年的气息，我被妈妈赶出门买对联，打开门的时候，一个戴着红帽子，裹着大棉袄的女孩子站在门口等着我。她没有戴眼镜，秀气的眉上闪着洁白的冰花，像白雪公主，又像小红帽跟灰姑娘。

她给了我一个大大的拥抱："小妹妹，我要走啦，多保重。"

我还沉浸在那天的尴尬中，没太亲密。她却好像不记仇，笑得甜甜蜜蜜的："我该回去看看我父母了。"

我执意要送她，随她坐了一路的车，然后和她一起走了很远的路："我们还会再见吗？"

"有缘自会重逢。"她拍拍我的肩安抚道，而后看了看表，"我再给你弹个曲子吧。"

她在路边随意地站着，冷风中红着鼻子拉响了小提琴，又唱了那首《曾经的你》。

不同于上次的沧桑，这一次歌声里透着豁达。我想，她应该是放下了什么。

然后，她跟我说了她的故事。

18岁那年，她爱上了来给自己当家教的学长，学长和她走得近，却并不主动表明两人的关系。他走的时候告诉她，自己的梦想一直是浪迹天涯，就像许巍的歌里唱的那样。

后来，他就真不见了。

从小道消息得知，当年想浪迹天涯的学长结婚了，却连通知都没给她，她执意认为学长心里有她，高考失利的她放弃了复读，来到了学长的家乡，学长一边继续与她暧昧，一边与妻子相亲相爱。

忘不掉，所以看不清。

她一直在找那个学长，找的不是那个人，而是曾经那个带梦少年的青春。

之前追她的那几个大汉是学长的妻子找来的，手上的这道疤，是学长当着他妻子的面以示清白划伤的。

划伤之后，他竟然还来找她。

我的那句“不自爱”，发生在学长划伤她又来哄骗她之后，她许久以来漂泊的寂寞跟心酸在我眼里的悲悯中达到顶峰，然后冲垮了围堵情绪的大坝。

那晚，她想了很多，最后，属于“曾经”的那个心魔，终于被彻底放下。

她从口袋里掏出那副黑框眼镜：“这是我按照他的眼镜做的，一模一样。现在，把它送你吧。”

说完，她便转身离开了。她背对着我挥了挥手，大步迈脚，离开了这座她漂泊六年的城市。

我看着手中的眼镜不禁感慨万千，她一路跟随着他的脚印，现在，她终于要走自己的天涯路了。

（七）

后来，我再也没有见过她，再经过清凉门的十字路口时，我偶尔会想起她，但这淡淡的失落很快被涌动的行人驱散，我笑笑，骑上脚踏车离开。

我一点儿都不担心她了。

她走的那天，我看到了那个戴着黑框眼镜的男子。他想拉她的手，她微笑着跟他挥挥手，说了再见。然后，远行的列车在这座繁华的城市里穿行而过，路边繁花似锦，她却再也不是曾经沧桑的模样。

数年后，我路过街边的一家小音像店，一阵熟悉的旋律响起，女声版的《曾经的你》。记忆中某扇门被轻轻叩响，我站了很久，老板热情地拿着一张碟跟我推荐："当红歌手清渺的新碟，买一张回去听听吧。"

我拿着那张碟，封面上印着她青春却沧桑的笑脸。

真好，勇敢不退缩的你，经历过沧桑，依然还是曾经的你。

叙述者：江湖有归途